# MARCHE EN PLEIN CIEL

GWENAËLLE ABOLIVIER

# MARCHE EN PLEIN CIEL

LE MOT ET LE RESTE
2022

À Thierry, mon compagnon de marche et de vie

À Pompon, l'âne et ami de mon enfance

# I

En ce début de printemps, la France est un pays aux regards vides et aux volets clos. Dans cette perte des repères, plus personne ne sait quelle heure et quel jour sont accrochés aux horloges de l'existence. Seuls les bébés aux yeux ronds apportent la preuve que je suis bien vivante. Je suis montée dans le dernier train avant que la ville ne se renferme totalement sur elle-même. Direction Clermont-Ferrand. « Finis les temps modernes », crie un homme qui se trouve dans le même compartiment. « Miser le tout pour le tout ! » lance-t-il à nouveau. Il porte des chaussures aux reflets de nuage et ne cesse de dire que « le temps n'a plus la même valeur. Le monde s'est figé. L'heure est à la fugue. »

Mon idée a germé en l'espace d'une nuit : partir marcher, traverser les grands pâturages du centre de la France, retrouver une liberté de mouvement sur les anciens chemins de transhumance qui relient l'Auvergne à la Provence. Ces fameuses drailles ont vu passer tant de chemineaux accoutumés et de pèlerins assoiffés.

Je viens d'arriver dans un paysage de volcans endormis qui rappelle en miroir inversé une étrange vision des antipodes : Auckland, la capitale du long nuage blanc, où s'étendent entre ses mamelons océaniens des habitations légères.

C'est le souvenir du bout du monde qui surgit peu après la démesure des parkings déserts et des grandes surfaces. À la sortie de la ville, l'eau des rivières dévale, épaissie de limon rouge. Les derniers orages ont ébranlé la région et la terre continue de vomir des cataractes impressionnantes. Les rares passagers sont apparemment habitués à ces épisodes de crues effrayantes qui ont éventré les routes et emporté les ponts. Perdus dans leurs pensées, ils regardent, résignés, ce spectacle de désolation. À Neussargues, j'ai attrapé de justesse un autre train, plus petit, plus lent. Je m'enfonce toujours plus loin dans la fourrure du paysage en me disant qu'il me faudrait plusieurs vies pour goûter à tous ces villages perchés.
C'est à Issoire, dans un clin d'œil de lumière, que j'ai vu les premiers signes : un couple d'oiseaux, ailes digitées en lente descente hélicoïdale, dessine des cerceaux dans un dégradé de cyanotype. Quels sont ces rapaces qui planent en rêve d'Arizona ? Aussitôt mon esprit s'envole. Je me détache de la réalité à mesure que le convoi épouse le chaos des gorges. Malgré les soubresauts du monde, quelle aventure reste encore possible ? Aussitôt, je dégaine mon petit carnet que je porte à la ceinture. En catapultes de phrases, j'écris partout et dès que je le peux. Les oiseaux réapparaissent dans un vol hésitant et finissent par se poser sur le toit d'un entrepôt. Je ne suis plus qu'un point immobile dans ce train qui roule comme un navire et qui à présent vogue dans le cœur rouge du monde. Dans un demi-sommeil les mots montent en panache de méditation : des paroles clairement articulées ricochent sur les rideaux de plantes, canevas tissés de lianes et de hautes fougères. Tout ce vert phosphorescent pour renaître. La pluie continue de s'abattre en baleines de survie. Le ciel en est labouré et se teinte à présent d'un bleu horizon.

*

Après une première nuit dans le village d'Aumont-Aubrac, je me suis engagée sur le chemin, un ancien *camino* qui emprunte sur plusieurs kilomètres celui de Compostelle. Face à la violence de la dernière catastrophe, je ressens une tristesse insondable. Les ravages sur l'environnement, la destruction programmée de la planète, et plus fondamentalement la perte de la beauté provoque chez moi une inquiétude. À la sortie de la ville, un graffiti tagué sur le mur d'un tunnel m'interpelle et ne me quittera plus : « Quelle est la profondeur de ton abysse ? » Ce vide, tout ce grand vide comme ce ciel sans avion, je cherche à le combler. Dans cette quête d'une nouvelle voie, je plonge mon regard dans le bitume. Le temps aussi est devenu insondable. La marche sera mon antidote : partir pour arpenter les chemins de mes pas cadencés. Les miens comme ceux qui m'ont précédée. Ils tapent, remontent du sol et sonnent comme la cloche des âmes perdues. Sur ce trajet solitaire, les grands espaces se métamorphosent en pensées sauvages. Certaines se balancent en pétales de violettes, d'autres crépitent en éclats de quartz. Toutes ces coquilles telluriques me tombent au fond de l'estomac et créent le précipité de ma démarche. Je veux me nourrir des vallées glaciaires parsemées de bombes volcaniques et de cailloux de granite. Je marche pour me laver, je marche contre le vide, je marche et en appelle au jour d'après.

*

Hier soir, il y a eu un énorme fracas qui venait de derrière les montagnes et les voiles du jour. C'était le tonnerre comme rarement je l'ai entendu. Un ébranlement du monde en son entier : la forêt de tous ses troncs et de toutes ses feuilles a vacillé ainsi que tous les animaux qui la peuplent. L'énorme secousse s'est prolongée dans mon corps et s'en est suivie une pluie torrentielle. Enroulée dans ma cape de feutre, je suis restée des heures lovées sous un gros talus. Je vibre de me sentir en vie au cœur des éléments tout en sentant monter en moi l'intuition du désastre qui se prépare à la surface du monde. Plus rien ne peut désormais m'arrêter et c'est heureux que le pays que je parcours soit vaste. Depuis, plusieurs jours, je progresse sur le dos de volcans endormis. La vallée de terre ocre est un jardin de noisetiers sauvages et de noyers.

*

J'ai toujours aimé marcher. Cela remonte à l'enfance et à l'été de mes onze ans. Mes parents m'avaient inscrite en colonie de vacances. Pour la première fois, j'allais découvrir les contreforts des Alpes. Je me revois au pied d'un car scolaire garé sur un parking chauffé à blanc. Mes cheveux sont coupés au bol, j'ai un sac à dos rouge et mon petit air d'enfant sage comme une image. Une photo en témoigne ! Depuis Rennes, le temps d'une nuit et d'un voyage par la route, j'étais de ce groupe de gamins propulsés dans le massif du Vercors. Là, en l'espace de trois semaines, je suis devenue en partie la voyageuse que je suis restée. Ce fut une expérience fondatrice où j'ai découvert le bivouac et la marche dans les montagnes à vaches. La fatigue, l'endurance aussi, la lenteur : poser un pied après l'autre. Avant je ne savais pas me déplacer autrement qu'en courant et, là, j'ai appris à ralentir et à respirer en silence, à mesurer mon effort. Apprendre à boire lentement quand on a très soif est une chose étonnante.

Je ne l'ai jamais oublié. Tout s'est joué, cet été-là, sur les chemins d'altitude, dans l'itinérance et le passage des vallées, à travers les pâturages fleuris, les chemins creux tapissés de fraises sauvages et de prêles: ces petits bambous verts des temps préhistoriques. Le bonheur, c'était l'aventure à hauteur d'enfant, l'eau fraîche des fontaines qui dévalait et tintait comme les cloches des troupeaux, le grand air et la liberté des bivouacs loin du cadre familial, les soirées allongées près du feu à guetter les étoiles filantes ou encore à l'abri des tentes à écouter la pluie et le grondement des orages. Le lendemain, on repartait vers l'inconnu. Depuis, je ne cesse de vouloir revivre ces premières émotions, comme un éternel recommencement, l'exaltation d'aller à pied, libre et légère sur les chemins. Ne pas cesser d'être en mouvement: « Lâchez tout, partez sur les routes! » Je me souviens précisément que c'était l'été qui précédait l'entrée au collège. L'insouciance de l'enfance était petit à petit en train de s'évaporer à mesure que se dépliait un autre temps, celui du secret et de l'imagination.

*

La marche nous augmente intérieurement d'un espace qui fait que nous devenons plus grands que nous-mêmes. Quelque chose en nous s'ouvre et s'étire, en même temps que notre conscience se déploie. On s'enrichit d'une présence au monde, d'un regard plus large et plus précis, d'une empathie envers les autres. Tout autour de nous se met à exister. C'est cette même émotion que j'ai recherchée et prolongée en traversant les Pyrénées, de l'Atlantique à la Méditerranée, dans la solitude des sommets et la joie d'un amour naissant, ou encore en faisant le tour du massif du Queyras dans les Alpes. Cet entraînement me procure un bonheur fou, même s'il arrive que dans ces longues traversées le découragement affleure : la douleur de l'effort, sa répétition, la soif, l'épuisement sont tels qu'il y a toujours un moment où je me demande pourquoi ces milliers de pas. La marche est une drogue dure dont il est difficile de se sevrer. C'est avec cette envie intacte que je suis partie vers les Cévennes que je fantasmais depuis longtemps.

*

Dans les villages désertés, les auberges sont abandonnées aux mouches qui se reproduisent aux plafonds, créant d'énormes essaims que les ours noirs pourraient prendre pour de la confiture. Je préfère passer mes premières nuits sur l'estive dans la chaleur de la laine et la frugalité d'un morceau de pain et, surtout, avec pour récompense l'immense part de ciel et de silence. Par moments s'échappe de la Terre un souffle de blancheur, un faisceau de pensée en pleine expansion qui s'abreuve à la source des étoiles. C'est un calumet de brouillard qui se dépose en humidité acide. Au-dessus, en lampe-tempête, le halo solaire perce de son reflet aveugle et se présente plus abyssal que jamais. Il est cet œil qui ouvre à une exploration intérieure, sinon spirituelle : dernière aventure possible depuis que le voyage n'existe plus et que nos vies sont passées au peigne fin de la surveillance généralisée et du traçage numérique.

*

Aujourd'hui, cette envie est une impatience qui s'est transformée en nécessité : bouger, être en mouvement pour me sentir physiquement vivante, voilà tout. Il m'est devenu urgent de m'éloigner des écrans et des réseaux sociaux que nous a imposés une vie qui finit par donner la nausée. Je dois rompre avec cette virtualité mortifère dont nous sommes devenus esclaves, pour mieux penser, mieux réfléchir. Dans ce sursaut d'énergie, je souhaite aller aussi loin que mes pas me porteront dans ma descente vers la Méditerranée. C'est un besoin vital de Grand Dehors, de nature, d'espace, pour me relier au temps des fables et faire comme les bergers qui vont à travers le monde d'un pas ralenti. J'avais déjà eu cette intuition en les croisant en Corse ou encore au Portugal, dans la région de l'Alentejo. Je revois ces seigneurs coiffés d'un large béret et habillés d'une cape noire, une besace de cuir en bandoulière, avançant lentement dans le halo d'une lumière jaune d'or et soulevant des nuages de poussière. D'un bâton, ils guidaient leurs immenses troupeaux de brebis et de moutons qui s'étalaient sur des coteaux plantés de chênes-lièges. Les vagues pelotonnées se mouvaient, blanches et sonores. Par moments, les aboiements d'un chien vif et intelligent, qui furetait de-ci de-là, répondaient aux bêlements et aux cloches qui s'atténuaient dans le lointain. Tout était là dans cette image quasi biblique qui surgissait comme un mirage en cette fin d'après-midi. Si une ondée les surprenait, ils ouvraient leur parapluie bleu nuit.

# II

Je repars et ne m'arrête plus. Un chemin creux me mène dans l'humidité d'un arrière-monde piqueté de tourbières et de lacs d'altitude. Toute la tristesse de la Terre s'y reflète en arceaux de rouille. De temps à autre, ces chairs marécageuses s'illuminent d'un tapis de linaigrettes, petits pinceaux de coton. Tout bourdonne en moi et je broie mes pensées comme un mors aux dents. À ce stade, je ne suis encore qu'une boule de questions. Je me demande : est-il possible de vivre au plus près de ses désirs en se détachant des schémas imposés ? Comment se préserver de cette réduction des espaces de liberté ? La seule option serait-elle de consommer et de ne pas contredire le diktat de la productivité ? Reviennent en écho les mots de Camus : « Toute vie dirigée vers l'argent est une mort. La renaissance est dans le désintéressement. »

*

La marche est le remède à la déminéralisation de l'esprit
partir, partir, partir
marcher, marcher, marcher
loin des routes et des axes ferroviaires
partir la fièvre au ventre
comme on va à un rendez-vous d'amour
Cette quête est une soif teintée de doutes et d'incertitudes

Je demande que cette épreuve soit une réponse, mieux, une révélation
jour après jour, je m'enfonce dans la marche
en même temps que dans le paysage qui devient à présent
cette lande parsemée de bruyère cendrée et de genêts poilus au parfum vanillé
ce tapis végétal est l'habitat des sauterelles dont se régalent les rapaces
tout change à la mesure de mes pas
tout change et s'éclaire
plus je marche, plus j'en redemande
au rythme de mon souffle et de mes pas
je respire et j'avance
Plus je marche, plus les mots me viennent
Toutes ces pensées qui me montent des pieds

*

Je m'arrête et regarde les nuages gris anthracite qui s'élèvent de la vallée. Ils me font penser aux fumées d'incendies qui se déplacent à présent autour de la planète. Des crampes aux jambes et à l'estomac, je stoppe.

*

Loin des couloirs et des autoroutes numériques
Je repars et vais vers des espaces préservés
loin des sempiternels lotissements et autres grandes surfaces
Je marche pour atteindre les îles
les Montagneuses et les Paysannes

les Intimes et les Secrètes
pépites de lumières sur une terre charbonneuse
des territoires libres, encore primitifs
peu ou pas modifiés
où le regard n'est arrêté par aucun aménagement
ni pylônes ni antennes relais
ni éoliennes ni bornes wifi
où il est encore possible de voir des animaux autres que ceux domestiqués
juste marcher et écouter le chant des oiseaux
juste marcher et respirer le parfum de l'aubépine et de la gentiane en fleur
et tomber sur un troupeau de vaches avec des cornes en forme de guidon de bicyclette !

*

Forcément, quand on part marcher en direction des Cévennes, on pense à Robert Louis Stevenson. Cet immense écrivain et grand aventurier a laissé une empreinte dans la littérature mondiale et est considéré comme le père de la littérature de voyage. C'est un avant-gardiste qui va initier, sur ce chemin, un nouveau genre littéraire, c'est-à-dire les descriptions de paysages et de rencontres, mais plus encore l'écriture du voyage intérieur. Son génie est là. Il pose sur ce territoire, sans qu'il le sache certainement, les prémisses de l'écriture de l'introspection et du dédoublement : une plongée dans les sentiments profonds. Ce n'est pas rien d'autant qu'il va ouvrir la voie à tous ceux qui iront dans son sillage : Joseph Conrad, André Gide, Marcel Schwob, Jorge Luis Borges qui aimait la prose de Stevenson. Plus proche de nous,

Bruce Chatwin, Nicolas Bouvier, Ella Maillart, Gilles Lapouge, Jacques Lacarrière et tant d'autres. Michel Le Bris, en tête, qui l'admirait tant, a consacré une partie de sa vie à rechercher et à traduire des inédits, à mieux faire connaître cet écrivain qui était selon lui « un vagabond dans l'âme ». C'est certainement pour cela qu'on aime tant cet Écossais car il est le premier « clochard céleste », le beatnik primordial, l'ancêtre de Kerouac, de Burroughs, de Ginsberg.

*

Pourtant, au départ de mon voyage à pied dans les Cévennes et de l'écriture de ce récit, je pensais juste évoquer rapidement Stevenson, c'est-à-dire y faire quelques allusions. Il faut dire que le récit qu'il laisse de sa traversée des Cévennes n'est pas son chef-d'œuvre et, (cette raison a toute son importance) il se comporte comme un tyran avec Modestine, son ânesse, alors que j'ai une tendresse infinie pour cet animal. J'y reviendrai. Mais finalement, l'écrivain est plus fort, il nous happe. C'est comme une boîte de Pandore, dès qu'on se penche sur sa vie, son œuvre, on est piégé.

De plus, hasard incroyable, au troisième jour de mon périple, j'ai fait une rencontre surprenante. Il était peu avant midi quand j'ai vu se découper à l'horizon la silhouette légère d'un homme coiffé d'un chapeau et accompagné d'un âne. J'en serais tombée à la renverse ! Cet homme marchait depuis près d'un mois à travers la France. Le territoire était vaste, son désir de liberté tout autant. Je n'allais pas le contredire. Au fil du chemin, il s'est raconté. Il a attendu l'aube nouvelle pour partir sans idée de retour. Il a quitté la ville où il a grandi et s'est dirigé vers les collines. Après, il s'est dit qu'il verrait bien.

*

C'était le jour de la grande lessive dans un ciel d'été. Les nuages gris boulochaient, la brume se décollait des fenêtres. Sans y avoir réellement réfléchi, il avait rejoint la route avec juste une veste et un sac sur le dos. En entendant claquer la porte derrière lui, il s'était rendu compte qu'il avait attendu ce déclic toute sa vie. Cet homme n'était plus tout jeune et pour être tout à fait juste, il se rapprochait de la fin, mais il avait le pressentiment que tout allait commencer. En somme, il était le plus heureux des hommes.

Comme une évidence, la confiance s'est immédiatement instaurée entre nous et il s'est mis à me raconter sa vie comme une fable que l'on écoute. Tout comme l'écrivain écossais, il souhaitait s'éloigner un temps de son quotidien pour réfléchir à la suite qu'il allait donner à son existence. Son désir s'est transformé soudain en un besoin impérieux, comme une déflagration qui l'a poussé à prendre la route. Dans les oscillations du climat, la météo jouait au bilboquet et ses semelles claquaient sur le tarmac. C'était la répétition de ce son mat qui l'avait encouragé à poursuivre vers demain. Il aimait ce bruit. Toute la première journée et celles qui ont suivi, il a marché sans s'arrêter n'écoutant que le bruissement de ses pas. Il s'est demandé combien de jours, combien de nuits, il lui faudrait pour traverser cette ville infinie où plus personne n'allait à pied pour le simple plaisir de se sentir en mouvement. De bloc en bloc, d'avenue en avenue, les habitants ne se déplaçaient plus qu'en voitures ou en mini-trucks. Comme un étranger à son propre monde, il a regardé vers le sud et a tiré un trait vers l'horizon bleuté. Il a décidé que son voyage serait sa petite révolution. Il allait

marcher pour se libérer, c'est ainsi qu'il le voyait. Après une courte nuit, couché sous le tablier d'un grand pont, il est passé au petit matin de l'autre côté de cet espace complexe où s'enchevêtraient autoroutes et échangeurs, périphériques et tunnels. Non sans mal, il s'est extirpé de ce monstre urbain de plusieurs millions d'habitants qui l'avait couvé, et a gagné rapidement de nouveaux paysages. Il n'avait jamais quitté la région où il est né. Une force plus grande que le ciel et la mer le poussait à aller voir au-delà de son monde familier. Au loin, d'amples sillons s'écrivaient en calligraphie dans la pelisse céréalière où coulaient des trains à grande vitesse, des convois de marchandises et des flots de voitures qui circulaient en dérive de skateborder.
La ruche urbaine était au travail. En petits cercles concentriques, elle s'affairait donnant peu de chance aux actifs de s'en sortir vivants.

*

Le marcheur se prénomme Marvejols. Il a une fille unique. Il lui a confié son projet de partir marcher, sans destination précise, marcher aussi loin que ses pas le mèneraient. Il lui en a vaguement parlé car il est difficile d'expliquer son désir profond, qui lui paraît étrange à lui-même. Comme il le dit : « Qui aurait pu comprendre que je veuille me fondre dans le paysage au point de devenir ce que je vois ? » « Marcher pour libérer et mâcher mes pensées. » « Marcher pour ralentir la course des nuages. » Il est à la recherche d'une plongée dans les couleurs de la Terre, il veut s'en imprégner, dévorer la nature du regard. Je crois bien que je le comprends et partage son sentiment.

*

Depuis Marvejols avance des journées entières. Dans une disponibilité totale à l'imprévu, il s'ouvre à la vie. Il ressent une joie infinie de se sentir libre au sein du vivant. Il remercie et répète : « Je suis l'oiseau, je suis l'arbre, je suis la terre. » Tous les matins, il varie sa petite litanie. Il loue l'alouette qui frétille des ailes en faisant du surplace en acrostiche dans l'azur. Il répète : « Je ne sais rien et le chemin va me montrer comment ralentir et goûter le moment présent. » Pendant des jours, il a traversé des collines plantées de forêts aux dimensions océaniques. Il s'est arrêté sous les arbres et fouille dans sa mémoire pour les nommer. « Comment ai-je pu vivre sans me préoccuper des arbres, des fleurs et des oiseaux ? » Il marche et cherche à reconnaître les hêtres et les pins sylvestres, les frênes et les chênes verts. Chaque jour, il lui semble tourner les pages du paysage comme on tourne celles d'une encyclopédie. Il fait moisson de nouvelles impressions, il fait moisson de nouveaux mots. Il découvre une langue neuve comme un enfant s'éveille au monde. Marvejols poursuit sa quête : désapprendre pour apprendre de la nature. Il se dit et se répète : « Tu ne sais rien, tu ne sais plus rien, écoute et ouvre les yeux, regarde pour la première fois. » C'est ainsi qu'il a longuement écouté le chant des oiseaux, « mes amis, charmantes créatures volantes aux habits de plumes et de couleurs ». Il s'est longuement reposé sous la frondaison des arbres, « mes frères, grandes fleurs aux chevelures dressés ». Marvejols veut rendre grâce, remercier en quelque sorte la vie qui lui a été donnée il y a plus de soixante ans. « Il m'a fallu tout ce temps, tout ce temps pour prendre le temps de vivre et de respirer. » Il vit cette reconnaissance d'être au monde avec une telle conscience que des larmes lui brouillent le regard. Je dois dire que ce marcheur m'émeut terriblement. « La vie passe et nous passons à côté d'elle », me confie-t-il. Depuis, nous poursuivons ensemble, lui et son animal, le plus naturellement, du monde, sans l'avoir réellement décidé.

*

Dans l'après-midi, j'ai fini par lui avouer qu'il me faisait penser à Robert Louis Stevenson, parti lui aussi avec un âne. Il a éclaté de rire ! De l'écrivain, il n'a lu que *L'Île au trésor* avec Long John Silver, le pirate à la jambe de bois qui a longtemps hanté ses rêves de gamin. C'est ainsi qu'il m'a raconté comment Luce, une ânesse grise à la croix de saint André sur le dos, est devenue son compagnon de voyage. Depuis le premier jour où il évoluait sur cette terre de fraîcheur, Marvejols avait pressenti que quelque chose de neuf allait se produire. « Après tout, la vie n'est qu'une succession d'évènements qui viennent à nous sans qu'on les cherche. » À la troisième semaine, il fit la connaissance de cet être désarmant de candeur. Abandonné, son poil était terne et ses yeux larmoyaient. En fait, au cours d'une nuit qu'il passait dans une grange abandonnée, l'ânesse qui s'y trouvait délaissée, l'avait d'abord abondamment humé avant de se coucher près de lui. Quand Marvejols s'est réveillé, il a rencontré son regard d'une profondeur qui eut le pouvoir de chasser la tristesse de la nuit. Il s'est alors exclamé : « Oh Luce ! » C'est ainsi que ce petit âne gris avait été baptisé sur-le-champ pour l'éclat de surprise que sa présence provoquait. Ils ont partagé une pomme et du pain. Marvejols lui a ensuite lavé les yeux qui se sont immédiatement illuminés. L'ânesse, qui était en train de mourir de solitude, reprenait vie. En signe de remerciement, l'animal s'est mis à braire avec fureur retroussant les lèvres et montrant ses dents. L'homme ne put réprimer un sourire. Le nom qu'il venait de donner à l'âne était parfait. Luce s'est mise à tourner ses longues oreilles fourrées en toutes directions et ils se sont remis en marche. Voilà tout ! C'est comme cela qu'ils sont partis ensemble sans avoir eu besoin de s'apprivoiser. Ils se sont trouvés, mieux ils se sont reconnus dans la hantise des chemins balisés. Au son et au ton de la voix, au son et à la musique des sabots. Ils forment un duo bien balancé : une harmonie. La marche a, alors, pris une autre dimension, devenant un jeu d'enfant au contact de l'équidé, sans licol ni bât, qui s'arrête à chaque chardon, distrait par les mouches qui se prennent pour des avions à hélices. « Nous sommes en marche Luce, comme deux habitants de la Terre », répète Marvejols avec malice.

*

Je suis touchée par la si belle relation entre lui et l'animal. Rien à voir avec ce qui se passait entre Robert Louis Stevenson et son ânesse Modestine qui n'était « pas plus grosse qu'un chien » selon l'écrivain et qu'il considérait, ni plus ni moins, comme « un accessoire ». Il l'avait achetée au Père Adam, un paysan de Monastier-sur-Gazeille, pour « 65 francs et un verre d'eau-de-vie ». Pendant tout son périple, l'explorateur va martyriser la pauvre bête, lui donnant des coups de badine, encouragé par les habitants qu'ils croisent. Dès le début de son voyage un aubergiste du Bouchet-Saint-Nicolas va même jusqu'à lui fabriquer un aiguillon pour piquer au sang l'âne et en faire son « esclave ». Son attitude envers Modestine me révulse. Voilà comment une vieille ânesse, qui se montre pourtant tellement brave en le supportant jusqu'au bout, lui et son énorme attirail, va devenir le souffre-douleur d'un jeune homme de vingt-huit ans qui n'a pas le moral. Sa peine de cœur, sa tristesse, son malheur n'excusent rien. En fait, Stevenson est depuis plusieurs mois sans nouvelles de Fanny son amoureuse et c'est plein de frustrations qu'il part à travers les Cévennes pour faire le point sur sa vie. Il semble que dans un de ses courriers adressés à son cousin Bob, il écrit que « L'ânesse est butée et qu'elle lui fait penser au caractère de Fanny ». Certains ont même dit qu'il faisait un transfert c'est-à-dire qu'il tapait sur l'animal comme il aurait aimé le faire sur Fanny. Autant dire que l'étrange cas de l'aventurier ne va pas en s'arrangeant, même si, dans son récit, il regrette la cruauté de ses gestes. Il n'en reste pas moins que Modestine va mourir de fatigue au bout du chemin. Épuisée, elle tombera à Saint-Jean-du-Gard, loin de chez elle et du Père Adam qu'il la soignait en lui donnant du pain blanc. L'écrivain dira, à la fin de son voyage, qu'il pleure comme un enfant alors que la rupture avec l'ânesse est consommée depuis longtemps. Mon récit attriste Marvejols qui, en retour, gratifie Luce d'une belle et grande caresse.

# III

Le lendemain et le surlendemain, nous poursuivons ensemble sur le chemin, gonflés de curiosité et d'entrain, guettant les lumières changeantes et le vol des éperviers. Déjà les pâleurs de la lune pointent entre les brumes d'été. Marvejols dit en souriant : « Si le temps des chevaliers est révolu depuis longtemps, je lance le retour du marcheur poète. » Plus nous marchons, plus nous nous allégeons. Jusqu'au matin clair, nous dormons dans les fossés, sous la robe des arbres ou à l'abri d'une roche. Parfois, il arrive que dans l'air bleu des songes, une chouette nous réveille. Nous écoutons alors le murmure de la nuit : douce conversation de la pluie ou du vent qui accompagne les animaux qui voyagent dans l'obscur. C'est là notre contentement. Il me confie : « Si la vie accorde aux hommes plusieurs renaissances, je suis certainement là au seuil de la dernière. »

*

Pendant des jours, nous allons en direction du sud, quoique déviant parfois, n'ayant pas de destination réelle ou d'itinéraire à suivre. Marvejols n'aime pas les parcours rectilignes. Il avance sans montre ni boussole, empruntant chemins de traverse, routes de campagne et pistes de terre. Dans la houle du vent, nous nous arrêtons pour observer

les passereaux des champs se balancer sur les branches de saule. Nous glanons fruits des bois et jeunes pousses de pissenlits. Nous n'avons pas de mal à traverser une forêt de pins qui est exploitée. Nous nous cachons devant le grondement des lourds camions qui transportent des grumes alignées comme des corps abattus. Nous essayons d'éviter le plus possible le contact avec les hommes et les villes. C'est à court de provisions que nous nous dirigeons vers une zone commerciale ou encore un bourg.
Depuis que Marvejols a quitté son lieu de naissance, il a transité par des villes de moyenne taille qu'il aborde par leurs périphéries. Au début de son voyage, il lui est arrivé d'entrer dans une station-service. Il y a bu un café et fait un peu de ravitaillement. La deuxième fois, il s'est aperçu que la femme qui était à la caisse portait sur lui un regard réprobateur. Là, il a pris une douche et est reparti comme il était venu en se disant : « Je ne suis qu'un piéton. Quel est mon crime ? Je ne suis pas un hors-la-loi. » Faire la route serait-il suspect ? Cela a créé chez lui une anxiété qu'il est parvenu à dissiper en repartant. Boire le paysage est son antidote. Je le comprends. Il se sent revigoré et gagné par une humeur douce. Nous voyons des granges de-ci de-là, à l'abandon, des maisons à vendre. Dans les murs déchaussés poussent, en éclat de vie, des saxifrages qui indiquent qu'un jour des hommes et des femmes se sont aimés à l'abri de ces hauts murs. Cette plante tire les ficelles du rêve.

*

Au mitan du jour, nous trouvons un endroit pour faire la sieste. Nous nous allongeons à l'ombre d'un acacia et nous regardons le ciel où circulent toutes les humeurs du monde. Au revers des nuages, nous lisons sa longue plainte émise par le travers. Cela n'a maintenant échappé à personne : la Terre souffre du trop-plein d'activité humaine. Elle suffoque et selon Marvejols, nous allons cuire, rôtir comme un steak bien snacké. Les oiseaux ont déjà presque disparu, les insectes aussi. Un vautour patrouille et se pose en sentinelle sur le sommet d'un rocher.

*

Quelques kilomètres plus loin, un viaduc enjambe un fleuve. Nous décidons de suivre la voie ferrée désaffectée. Dans une odeur d'humus et de goudron, nous sautons de traverse en traverse, petits cadavres gagnés par la mousse. La voie épouse les courbes des collines et nous allons, comme sur les barreaux d'une échelle, en direction des sommets. Marvejols raconte avec amusement qu'il est devenu ce vagabond qui aime à présent vivre au grand air, respirer au soleil et dormir à la belle étoile. Il colle son oreille sur les rails. Il écoute le poème du monde et la musique des sphères. « Un *sol* dièse », précise-t-il, « pour dire notre lien aux milliards d'astéroïdes qui nous entourent, au soleil qui nous réchauffe autant qu'il nous brûle. » Je lui parle de Jack London qui voyageait de cargos en trains de marchandises. Il acquiesce de ses yeux pétillants. La voie serpente au creux de hauts fossés, sous les frondaisons de jeunes bouleaux, puis débouche sur une plaine baignée d'une lumière rasante. Jusqu'au soir, nous avalons en silence la distance qui s'étale à perte de vue. À la nuit tombée, nous entrons dans une gare désaffectée où rouillent de vieilles locomotives et des wagons aux peintures écaillées.

À la lueur de sa lampe torche, Marvejols dévisage les anciennes horloges et les tableaux d'affichage. Il égrène le nom des arrêts et remarque des écritures à la craie, des signes comme des messages que je retrouverai plus tard sur des portes et des pignons. Des petits caractères très distinctifs, des nombres aussi. Tous les trois, nous dînons et nous nous installons pour la nuit. C'est alors que Marvejols me demande de lui raconter pourquoi Robert Louis Stevenson est venu se perdre dans cette région qui, à l'époque, devait être encore plus inaccessible.

*

Quand le 17 septembre 1878, Stevenson part à pied à travers les Cévennes, il n'a pas encore écrit ses romans d'aventures et ses contes fantastiques. Il n'en est qu'au stade des velléités bien qu'il ne doute pas de sa vocation littéraire. Il a juste publié un premier récit qu'il situe dans le nord de la France *Le Voyage sur les canaux et rivières*. C'est une période compliquée car il est en conflit avec sa famille et, en plus, il vit un chagrin d'amour. Il a besoin de prendre du recul avec ses amis, de s'isoler pour réfléchir à son avenir. Depuis plusieurs années, il est en opposition avec son père, Thomas Stevenson qui aurait voulu que son fils devienne ingénieur pour bâtir des phares comme le firent son grand-père et ses oncles qui ont œuvré pour la sécurisation du littoral maritime écossais. Mais Robert Louis en a décidé autrement : il ne sera pas de cette lignée, il ne sera pas non plus avocat, même s'il a été reçu au concours et que son père lui a remis une grosse somme d'argent pour qu'il ouvre son cabinet. Lui, c'est le monde des livres et du voyage. N'en déplaise à son père, calviniste et profondément religieux, qui n'a pas du tout compris quand

son fils lui a annoncé qu'il avait perdu la foi et qu'il voulait se marier avec Mary H., une prostituée d'Édimbourg. Ainsi en 1876, Robert Louis va en France rejoindre Bob Stevenson, son cousin dont il est proche depuis l'enfance. Il est son aîné et lui a ouvert la voie : élève aux Beaux-Arts à Paris, il a des amis artistes à Montparnasse et à Montmartre. Il fréquente la jeunesse bohème et en particulier une colonie de peintres suédois, anglais, américains qui séjournent à Barbizon. Tout cela scandalise la famille très conservatrice qui accuse l'extravagant cousin d'avoir perverti leur fils. Robert Louis étouffe, il veut s'extraire de cette société bourgeoise et arrêtée sur les principes de son époque. Je me tourne vers Marvejols qui m'encourage : « Et ensuite ? »
Ensuite, Stevenson part à Barbizon retrouver son cousin, ami et complice. Là, il tombe raide dingue amoureux de Fanny Osbourne, une artiste-peintre d'origine américaine. Elle vient de remporter un concours de dessin qui l'a amené à Grez-sur-Loing, près de Fontainebleau. Elle est belle et pleine d'esprit. Elle a un côté aventureux et libre qui le fascine. Elle a été chercheuse d'or dans le Nevada, monte à cheval, roule ses cigarettes d'une seule main. De onze ans son aînée, elle n'a pas d'argent, mais porte les cheveux courts et se passe de corset ! Elle sait même manier les revolvers. On dit d'elle qu'elle est tireuse d'élite ! C'est une femme étonnante, mère de deux enfants, qui est en train de se séparer de son mari texan resté en Californie. Bref, c'est l'amour fou. L'été de leur rencontre, Fanny Osbourne et Robert Louis Stevenson vivent sur une péniche qu'ils amarrent sur le Loing. C'est à cette période que Robert Lewis devient Robert Louis à la française ! Tout va bien jusqu'au moment où le Texan de mari menace Fanny de lui couper les vivres, si elle ne revient pas

dare-dare en Californie. Elle n'a pas d'autre choix que de rentrer pour obtenir le divorce. Stevenson aimerait bien la suivre, mais ses finances ne le lui permettent pas. Il dépend toujours économiquement de son père qui s'oppose à l'idée d'un mariage et il lui demande de regagner Édimbourg. Après le départ de Fanny et de ses enfants, Isobel et Lloyd, Stevenson reste quelque temps à Paris et réfléchit. Ravagé, car sans nouvelles de son amoureuse, il jette son dévolu sur le sud de la France qu'il connaît depuis sa prime enfance. Il a séjourné à plusieurs reprises dans des lieux de cure, sur la Côte d'Azur, à Menton, à Hyères. Lui et sa mère souffrent d'emphysème pulmonaire.

Marvejols ne m'a toujours pas quittée du regard. Luce somnole les yeux fermés et les oreilles dressées. Comme le fait remarquer Marvejols : « Ce n'est pas le climat humide d'Écosse qui allait améliorer les choses. » En effet, il aurait même pu lui être fatal.

Enfant, sa santé fragile l'obligea à très peu sortir de chez lui. Il n'est quasiment pas allé à l'école. De plus, deux autres raisons ont présidé à son envie d'aller dans les Cévennes.

*Primo* : Robert Louis est, de par ses origines calvinistes, très intéressé par les camisards cévenols qu'il voit comme les « covenantaires du Midi », ceux qui se sont opposés au roi de France. Selon lui, ils sont la réplique des protestants écossais qui visaient à promouvoir le presbytérianisme et menèrent la révolte contre l'Église anglicane avant d'être les victimes d'une terrible répression.

*Secondo* : Fanny Osburne, son amoureuse, est francophile et amie avec George Sand. Robert Louis va découvrir son œuvre et en particulier son roman *Le Marquis de Villemer*, dont l'intrigue se déroule dans le Velay, point de départ vers

Compostelle. C'est donc aussi par admiration pour George Sand et pour son lien avec la belle Fanny, qu'il ira dans ses pas.
« Et voilà tu sais tout, ou presque ! » « Passionnant !, a conclu Marvejols, Passionnant ! »

*

Allongée sur une épaisse couche de paille, je m'endors en pensant à l'écrivain : ce fils unique qui tourne le dos à sa famille et à la bonne société de son temps. Il ne s'agit pas uniquement d'une rupture politique, mais aussi d'une rupture existentielle très profonde. C'est en cela qu'il est à rapprocher des écrivains de Beat Generation. C'est un esprit libre qui refuse le mensonge et l'hypocrisie, mais cela a un prix. Il devient ce nomade et en gardera un tourment toute sa vie. C'est un déchirement douloureux pour lui de rompre avec son père, au point qu'il est en proie à de sévères hallucinations. Il se souvient que son père l'emmenait faire la tournée des phares et tentait de lui transmettre sa passion pour ces tours de pierre. Mais le petit Stevenson perçoit d'emblée que ce n'est pas pour lui. Il choisira la littérature. Il en gardera une intranquillité viscérale. C'est de cette dualité et de cette culpabilité qu'il essayera de se libérer en écrivant *L'Étrange Cas du docteur Jekyll et de M. Hyde*, mais aussi *Le Maître de Ballantrae*. Il sonde et aimerait abolir la frontière entre le bien et le mal, liée au puritanisme de ses origines. En marchant dans les Cévennes, ressent-il déjà que toutes ces forces contradictoires sont à l'œuvre en lui ? Je me le demande.

*

On le sait, depuis toujours : marcher, c'est déjà faire un pas de côté, vivre en résistance et s'affranchir des contraintes. Stevenson voulait couper avec la société victorienne et se libérer des conventions puritaines. Ce soir, je pense à ceux qui rêvent d'un autre monde, ceux qui marchent pour sauver la planète, pour le climat, ceux qui marchent pour la démocratie aux quatre coins du monde. Ils apportent l'espoir que quelque chose de neuf est possible dans ce monde à bout de souffle.

*

Cette nuit-là, je fais un rêve où je rencontre un groupe de voyageurs qui scandent des paroles au rythme de leurs pas. Ils disent : « Nous marchons pour refuser une vie qui dessèche, une vie embaumée, une vie de petite mort. Nous marchons pour ne pas perdre notre âme et pour saisir notre chance. Nous marchons pour sentir la profondeur de l'espace et nous relier au monde. Nous marchons pour respirer le parfum des étoiles et nous opposer à la violence. Nous marchons pour réinventer la vie. De nos pas dissidents, nous marchons. »
Dans ce rêve, je vois et entends Marvejols qui scande : « Nous ne sommes plus que des chemineaux. » Il va vers des marcheurs qui viennent du monde entier et qui répètent : « Nous marchons pour retrouver des émotions profondes, pour regarder la rondeur du ciel et les nuages, pour retrouver des lieux qui ne sont pas de pâles imitations du vivant, pour nous mettre dans le vrai temps, pour sauver la part la plus précieuse de notre humanité, pour nous améliorer, pour visiter les montagnes comme de vieux amis, pour que vive

le paysage. Nous marchons pour rester vivants. » Il y a aussi tous ceux qui marchent à la recherche de la lumière. D'autres veulent calmer leur colère rentrée contre l'emballement du monde. Il y a ceux qui marchent pour faire infuser leur corps dans l'atmosphère ou encore pour qu'advienne le rêve qui sauve de tout. Chacun a sa raison et aucune n'est meilleure qu'une autre ; ils marchent en dévers de leurs vies pour mieux habiter l'espace et pour participer de tout leur corps à la jubilation d'être au monde. Plusieurs disent saluer les derniers papillons et le bonheur de franchir pieds nus une rivière. Nombreux sont ceux qui expérimentent la pesanteur et souhaitent ressentir l'aimantation de la Terre, d'autres encore pour croiser le regard d'un animal sauvage ou pour accompagner la grande horloge du temps et mieux accueillir les heures. Converser en soi-même et avec l'histoire du pays traversé, penser aux êtres chers et aux amis délaissés. En fait, personne ne marche pour rien. Il y a aussi ceux qui enregistrent les chants des oiseaux avant qu'ils ne disparaissent, eux aussi, plus vite qu'imaginé. Tout est devenu si imprévisible.

*

Et puis, il y a ceux qui en appellent à leur mémoire ancienne et retrouvent les pistes des derniers Indiens, ceux qui partent sur un coup de tête « même pas vrai, même pas cap » : ils claquent la porte et s'en vont, aussi vite que possible, laissant tout derrière eux. Il y a aussi cet homme beau comme un prince qui ne cesse de répéter « *work or die* », « c'est la vérité que je cherche », « bientôt vous aurez la grande foudre du nucléaire, vous verrez ! » Dans la profusion des personnages de mon rêve, je constate la jeunesse du mouvement : des groupes entiers d'adolescents refusant le sort de leurs parents et de devenir ce que leur fait miroiter la société. Des jeunes, même très jeunes, ont rejoint la sarabande. Ils se disent : « Et si seulement la marche pouvait encore entraver la catastrophe vers laquelle on se dirige collectivement. » Ces jeunes gens ont compris depuis longtemps et le chantent, sans violence. Pour la plupart, il ne s'agit pas d'une fuite sur un chemin de contrebandier, mais d'une marche en forme de question. En somme, ils se demandent pourquoi les hommes oublient de voir la chance qu'ils ont d'être en vie.

*

Il y a ceux qui ont décidé de marcher pour apporter de la joie aux enfants
Ils s'appellent jongleurs et funambules
trapézistes et magiciens
clowns et acrobates
Tous ont leur place sans ordre de priorité
Tous sont les bienvenus et ils ne manquent pas d'idée et de fantaisie

*

À mon réveil, j'entends encore l'écho de leurs voix qui s'entrechoquent. J'entends et accueille ce chœur qui chante et appelle.

# IV

Marvejols et Luce ont disparu, éclipsés durant la nuit. Je ne les ai pas entendus partir. Le soleil brille et avec lui le goût de poursuivre en se tenant aux fils invisibles de l'intuition. Mes pas ont le fabuleux pouvoir de déverrouiller l'esprit. Le chant des passereaux me sort d'une mélancolie douce et les pensées chagrines de la nuit se desquament en peaux de lichen. Je poursuis en pensant à ma rencontre avec Marvejols qui marche en se rappelant sa jeunesse passée, la partie la plus tendre et heureuse de sa vie.

Stevenson, lui, est à la veille d'un voyage qu'il entreprend pour se consoler et pour s'émanciper. Contre l'avis de ses parents, il choisit la vie de bohème. Il lui faut du courage pour s'affronter à la réalité et quitter sa ville natale, Édimbourg, qu'il perçoit comme étriquée. Dans cette expérience initiatique, il a un rêve, celui de dormir à la belle étoile. Dès qu'il le peut, il va s'arrêter, observer, écouter. Il puise une forme de nourriture spirituelle dans laquelle, il va trouver la force d'écrire et de devenir l'immense auteur qu'on connaît. Ce voyage à travers les Cévennes sera un vrai déclencheur. Il est sur le point de se libérer de ce que la société lui impose et aussi, dans son écriture, de ce que la littérature corsetée de l'époque attend de lui.

*

Ce jour-là, apparaît de nouveau l'oiseau aux ailes digitées comme de larges mains ouvertes. Quel est celui qui s'offre en lentes circonvolutions et en clairière de mots ? Maintenant, je sais reconnaître ses appels. Quels signes m'envoie-t-il ?

*

Dans ce temps suspendu, plus rien ne compte à présent que les murets qui m'indiquent une nouvelle direction et les chemins polis par tant de piétons. Je les caresse du regard comme un grand alphabet des choses cachées qui soutient ma route. Je me sens appartenir à la famille des arpenteurs, héritière des voyageurs à pied qui m'ont précédée depuis des millénaires. Ces sentes et ces chemins de transhumance, en formes de grimoires, irriguent la carte du territoire et constituent, avec leurs branches et sous-branches, tout un arbre généalogique qui a vu et reconnu, supporté et encouragé le passage de générations entières de vagabonds des campagnes. Là, en altitude, dans la fraîcheur de l'air, j'avance maintenant sous le couvert de forêts de hêtres. Par bouquets, la gentiane en éclats de soleil illumine mes pensées. Cette plante aromatique aux vertus médicinales est aussi appelée le quinquina du pauvre. Mon éveil aux merveilles de la nature a eu lieu lors de mes découvertes familiales à travers la France. Combien de fois, notre mère nous a dit : « Ouvrez grand vos yeux les enfants, regardez comme c'est beau ! » Cette prise de conscience et mon rapport au monde sont nés là, dans ma petite enfance, puis s'est greffée l'envie de connaître et de nommer, qui – depuis – ne m'a pas quittée. Face au grand naufrage, le vivant dans sa totalité est d'un secours possible. En vrai, la marche est devenue une respiration, mieux une façon de trouver une juste place au monde, avec ce sentiment d'être dans le bon écart entre le proche et le lointain, au bon endroit dans l'espace-temps découpé en vastes constellations.

*

Dans ce désir de solitude et de contemplation, j'atteins le haut-pays, l'Alto Braco. Sur ce plateau immense, je marche à présent en plein ciel avec la quasi-sensation de nager sous le ventre des nuages. Sous cette coupole océane, les nuées forment le chaos de blancheur d'une sculpture éphémère que mes cheveux caressent. C'est comme d'être à bord d'une montgolfière et de naviguer dans des pensées plus élargies ou encore de plonger en apnée dans une eau écarlate aux vertus fantastiques. Dans ces moments de grâce, envahie d'une joie plus grande encore que celle imaginée, je ne pense plus et m'abandonne au vide de cette région très peu peuplée. Tellement aérienne, je délie mes longues enjambées, on dirait que je vole.

*

J'entends
Pourquoi es-tu sur la route ?
Comme un appel impérieux, j'ai dû, partir sur le champ pour réfléchir.
Nietzsche le dit : « Il faut marcher pour penser. » Rien n'avait été échafaudé, mais c'est devenu une urgence, un départ que je nomme fugue au long cours. Désormais, je progresse au

rythme de mes pas, comme j'ai toujours aimé le faire. Me transporter, moi et mon sac. Je chavire de bonheur de revenir à cette habitude lointaine. Je suis née marcheuse comme les chasseurs-cueilleurs, rien de plus. Je me sens en cohérence avec mon désir profond. Je suis une femme du Grand Dehors. Je vais à pied, c'est ainsi que j'habite le monde. Je vis cette discipline comme un exercice physique doublé d'une exploration intérieure.

*

Marcher pour apprendre de notre corps battant
et le considérer dans nos interactions avec le vivant
La nature nous pénètre et nous le savons maintenant
La marche permet de renouer avec cette conscience et cette recherche d'équilibre
N'être plus qu'un va-et-vient entre soi et le monde

*

En appel de clairvoyance, j'entends tout un arrière-son comme une rumeur sourde. Un autre langage se propage sur l'ensemble de la forêt, en épais voile qui me conte l'histoire sombre de l'humanité. Les cris des oiseaux disent encore les guerres de religions, les atrocités perpétrées dans les campagnes, les hommes pendus haut et court, les jeunes filles et les enfants disparus. Rien de cela ne m'échappe. J'évite les regards noirs. Je marche légère sans buter contre ma peur. Parfois, je préfère m'éloigner des fermes isolées, dissimuler ma féminité. Il faut se fondre dans le paysage pour se faire accepter, comme celles qui autrefois cachaient leurs identités, se déguisaient en homme pour embarquer sur les navires d'exploration ou encore monter à cheval pour aller vers le Far West. Quand il voyage dans la région, Robert Louis Stevenson a entendu parler de la bête du Gévaudan. Le loup et ses légendes ont bon dos. Elles sont tenaces et font tout avaler. Il se souvient que son père racontait qu'il se faisait attaquer par la population qui était mécontente car, avec l'édification des phares, on la privait de son gagne-pain c'est-à-dire des échouages et des épaves. Il sait la rage que cela peut provoquer. Il a glissé un pistolet dans son bagage. Il va rencontrer peu de brigands, lui qui a été biberonné aux histoires de bandits et de pirates. À cette époque, il y avait beaucoup de loups dans le Gévaudan, responsables d'importants ravages dans les troupeaux. Entre 1740 et 1778, plus de 2 178 loups ont été tués sans avoir retrouvé la bête du Gévaudan et le carnage n'a pas cessé pour autant. Même les troupes royales ont été mobilisées. D'autres voix s'élèveront : on ne parlait pas encore d'inceste et de pédophilie, mais de meurtres non élucidés. Dans cette atmosphère de crime, je glisse sous les rayons de détection.

*

Les harmonies n'appartiennent pas qu'aux lignes d'horizon. Chaque pas est une décharge de couleur comme une assiette émaillée en réponse à la prolifération mortifère des villages abandonnés, des centres-villes siphonnés et gagnés par le spleen. Un doute inquiet s'installe quand parfois un chat galeux crache en détalant comme un jet de pierre. Tout cela fait froid dans le dos. Les commerçants ont déserté : à vendre ou à reprendre. Les habitants ont déménagé ou survivent dans la poussière des décors fantômes d'un pays oublié, moribond avec des places de villages et des centres bourgs déserts. Loin des sourires de circonstances, sont restés ceux qui n'ont pas eu d'autre choix. Comme cette dame en âge de prendre sa retraite qui continue de vivre là, fidèle au poste de sa boulangerie-épicerie. Les pieds dans ses chaussons, avec son gilet de laine sur les épaules, elle tient bon dans une odeur de pommes et de lessive en paillettes. Tout est ici rassemblé : le dépôt de pain, les allumettes et les timbres postaux. Je m'arrête pour boire un café et jette un coup d'œil au *Midi libre* qui annonce la prochaine bourse aux vêtements, le cochon grillé ou le grand loto dans la salle communale du village voisin.

*

Je lis aussi que des feux infernaux mangent des pans entiers de forêt amazonienne, de la Sibérie ou encore de l'archipel indonésien. En Australie également. Là-bas, le ciel est devenu orange. Une rumeur de dévastation se répand en boucle. Depuis plusieurs étés, des canicules à répétition déclenchent des mégafeux dont les fumées âcres asphyxient les villes et les campagnes. Ils consument les cimes des arbres et déchirent le ventre brûlant de la Terre. Les émanations sont si épaisses qu'elles paraissent tenir debout et les feux font tomber les forêts dans des fracas de train. Par endroits, l'horizon a disparu et le ciel a perdu sa couleur. Le brasier est si virulent qu'il paraît capable d'embraser la mer et de tout avaler, même les ténèbres. Sur les routes, l'asphalte fond, on se presse de quitter les villes adossées aux zones boisées. Les habitants refluent vers l'intérieur du pays. Les derniers ont fui leur travail et leurs maisons, d'autres attendent assis sur le sable avec le tumulte de la mer dans le dos. Ils ont tout perdu jusqu'à la raison. Des milliers d'hectares sont déjà partis en fumée. Il est presque impossible d'y faire face et les pompiers circulent au risque d'exploser dans leurs camionnettes. En traînées de poudre noire avancent les nuages qui remontent des zones australes. Dans la chambre d'écho, la Terre n'est plus qu'une plaie boursoufflée. Partout à la surface du globe, des écologistes prennent la parole et organisent des manifestations et des sit-in répétant qu'il n'y a plus d'alternative. *There is no alternative.* Les étincelles de la révolte se propagent de Hong Kong aux États-Unis, de Brasilia à Santiago du Chili, de Tunisie à la Birmanie. La marche est devenue hautement politique.

Femmes, hommes, lycéens, activistes : ils marchent pour le climat et la démocratie, de jour comme de nuit, ils marchent. Tous parient lourd sur leur avenir.

# V

Au fil des jours, et passé les premières courbatures, j'avance légère avec la surprise de sentir l'énergie qui circule partout dans mon corps. C'est une merveilleuse sensation d'ivresse et de délivrance. Au grand air, la marche me permet de reprendre la mesure de la vie et d'atteindre une paix intérieure.

des jambes, je tricote
des pensées, j'écris
je marche en écrivant

dans ce corps à corps avec le paysage
dans la chaleur et le manque d'eau
dans la souffrance et la fatigue de l'effort, débute le vertige de l'écriture : l'aventure dans l'aventure.

Dans ce dialogue intime, je retrouve ma place au juste milieu des choses. Un peu comme un archer zen, au fil de mes pas, je décoche des phrases. Mes pensées, comme des flèches tendues, prennent parfois des directions inattendues. Dans le réveil de la sensualité que provoque la marche, il m'arrive de m'allonger contre la terre chauffée par le soleil à son zénith et de rêver de faire corps avec elle. Dans ces visions et désirs érotiques je vis l'extase d'un amour de glaise. J'aime ma fuite et cherche à m'enfoncer plus encore dans le paysage.

À m'y fondre et à m'y laisser avaler par lui. La beauté résiste en ces pays indomptés où toute idée d'exploitation géométrique est vaine, toute brutalité de posséder aussi. C'est la rage de la poésie qui triomphe.

*

Dans cette hyper-vitalité des émotions, je progresse désormais pour qu'advienne le verbe. Marcher est un révélateur puissant. Mes pieds comme mes pensées ne peuvent s'arrêter, et remontent les souvenirs les plus enfouis. C'est ainsi et c'est bien. Les jours passent et je vais à travers d'immenses pâturages. Chaque barrière franchie est une ouverture sur les mots et la vie. Au fil des heures, je suis devenue une véritable mécanique à écrire, petit vapeur qui avance au gré de mes pas et des paroles qui éclosent en ballons de merveilles. Les phrases jetées au vent des mots arrivent en cascade, sans que je les cherche et me soulagent du grand effroi que tous avons ressenti. Mon esprit est fait de ce kaolin que l'on malaxe et qui finit par devenir sculptures de phonèmes mâchés et remâchés, en rythme et en cadence ressemblant à cette danse sur la page. Depuis le premier jour, j'écris pour fixer mes impressions comme on brode sur du papier vélin. La marche est l'activité qui convient le mieux à l'écriture.

*

Je pense à nouveau à Robert Louis Stevenson qui décide en 1878 sur ce même territoire de lever le camp et d'aller « excursionner ». La marche ne lui fait pas peur, c'est même un adepte. Il en connaît les vertus, il l'a pratiquée adolescent dans les alentours d'Édimbourg. « Le Dehors guérit », déclare-t-il. En fait, il a toujours perçu le voyage comme une thérapie. En 1874, il écrira une lettre déchirante à sa mère où il lui avoue « qu'il lui arrive d'aller à la gare regarder les trains en partance ». Il a ce grand besoin d'espace, d'évasion, de découverte. C'est un nomade qui se rêve bohémien et ce voyage sera un déclic. Il ressent cette nécessité de disparaître dans de nouveaux paysages pour s'y ressourcer et méditer. Il s'engage donc dans les Cévennes comme s'il allait traverser les Highlands avec le projet d'écrire. Il ne souhaite pas s'atteler à un roman bien ficelé comme il en écrira par la suite. Il veut tirer de son journal quotidien un récit digne d'être publié, histoire de se renflouer et de partir vite fait aux États-Unis rejoindre Fanny. Douze jours et deux cent quarante kilomètres vers le sud, ce sera rapide ; hormis le mois qu'il vient de passer à Monastier-sur-Gazeille dans une pension peu chère, aujourd'hui la pharmacie du village. Il a laissé là des descriptions qui continuent semble-t-il de crisper les habitants : il parle de « leur ivrognerie et de leurs dissensions politiques ». *Voyage avec un âne dans les Cévennes* paraîtra en 1879. C'est une chronique agréable, d'un ton un tantinet pittoresque et ironique, où Stevenson ne porte pas une réelle attention aux personnes qu'il croise. Plus tard, ses écrits des mers du Sud n'auront plus rien de ce ton léger et insouciant. Ce seront des essais nettement plus fouillés sur l'histoire, la population et la culture des archipels explorés. On parlerait aujourd'hui d'études « ethnographiques ». À l'époque, il était précurseur. Il avait le souci de vérité, mais une fois de plus, il ne fut pas du tout compris, et fut presque rejeté par ses anciens amis, ses éditeurs, sans parler de son agent littéraire. Les rédactions des journaux ont refusé de publier des articles où il dénonçait les ravages du colonialisme dans les îles du Pacifique. Bref, Stevenson n'en est pas encore là, même si les choses sont en train de se mettre tranquillement en place dans son esprit. Nous sommes le 17 septembre 1878, l'écrivain écossais vient de se faire coudre « un sac à viande » et de rassembler quelques provisions, dont un gigot d'agneau, du pain et des bouteilles de vin ; le cœur lourd, il se met en route avec son ânesse Modestine, direction Saint-Jean-du-Gard.

*

Marvejols, quant à lui, vient d'accrocher une marguerite à sa boutonnière. À l'orée des granges, lui reviennent les images d'un joueur de violon posté sur un toit et un couple de mariés qui s'embrassent dans un ciel bleu cyan. Cette vision lui est inspirée par sa relation paisible à Luce pour qui il éprouve un profond attachement. S'il est parti seul, aujourd'hui, il ne pourrait continuer sans son nouveau compagnon de solitude. Tous deux ont le même goût pour une vie de liberté et d'insoumission. Dans les prairies fraîchement coupées qui exposent leurs chasubles au soleil, ils avancent comme deux moinillons quasiment hors du calendrier du temps. Autour d'eux, les mouches sont déviées par un vent chaud. De gros bourdons poilus patrouillent en petits zeppelins. Luce ne cache pas son plaisir de suivre les papillons au vol erratique. Dans l'insouciance du jour qui décline, elle se régale de foin odorant. Tout comme le marcheur qui flâne et herborise. Plus rien ne compte que le moment présent. Luce s'éloigne. C'est en la regardant avec le recul suffisant, comme quand on regarde un enfant jouer avec ses petits camarades, que le marcheur l'observe le mieux. L'ânesse est, comme lui, rétive aux commandements, indépendante quoique capable de grands dévouements. Elle peut comprendre les situations les plus fines, mais décidément elle, aussi, n'a aucun sens du calcul. Finalement Marvejols se dit que Luce a du grison de Sancho Pancha et du cheval de Don Quichotte !

*

Depuis le matin, le vent s'est levé. En posture de flammes, les nuages lacèrent le ciel. Marvejols et Luce ont à présent rejoint la route des crêtes. La terre est rouge sang. Ils évoluent sur le dos de volcans endormis. Le sol, composé de mâchefer, est de la lave éteinte ; une croûte abrasive irradie. Au loin, s'égrènent des fermettes et des enclos de pierres sèches. Avec cette impression de progresser au creux d'une caldera, ils poursuivent ensemble, regardent loin ensemble. L'homme aime par-dessus tout ces moments de communion sous la voûte céleste. « Luce, nous sommes deux habitants de la Terre, et pourtant tant de choses nous séparent », songe-t-il. Cette différence lui semble insondable, mais l'attire. Ils n'ont d'autres préoccupations que de ruminer la bruyère de leurs pensées. Dans ce duo bien balancé, le marcheur aimerait connaître les rêveries de Luce, et puis il finit par imaginer qu'elles sont celles du poète. Ils respirent à l'unisson de grandes lampées d'air.

*

Souvent l'ânesse est en arrêt, elle prête silence au monde et en saisit son épaisseur. Elle est plongée dans une longue réflexion, très ancienne, celle d'avant l'humanité. Plus que jamais dans ces moments, Luce semble demeurer sous d'autres cieux, en syncope du temps présent. « Peut-être me montre-t-elle comment vivre », se dit l'homme.

*

Marvejols se délecte du chant des oiseaux qui n'ont pas disparu totalement de ces contrées reculées. « C'est la musique que j'entends depuis ma naissance. » À ces altitudes, le relief est encore recouvert d'un duvet tendre et les petits carrés de mouchoirs de ciel sont pareils à des œillets bleutés. Comme sur le pont d'une caravelle, il se laisse bercer par le mouvement des nuages. Rien ne lui échappe des menus changements du paysage, de l'habitat et des cultures.

*

De mon côté, un pied après l'autre, je progresse dans la chaleur du jour. J'ai découvert le battement de la marche comme d'autres celui du tambour. Un pied après l'autre, j'avance dans un rythme qui devient au cours du voyage celui de l'écriture. Un poème après l'autre, j'écris sur la page d'un carnet léger qui ne me quitte plus. Même en mouvement, je note mes pensées. Dans cette méditation active, je fais le vide et en appelle aux mots nouveaux qui deviennent des compagnons de marche. C'est ce que j'appelle ma flânerie rêveuse. Je noircis des pages à mesure que se soulève et retombe la poussière du chemin.

*

Chaque enjambée est une impulsion vers le langage qui jaillit scandé par le tempo de mes pas et la constance de la foulée. Marcher et écrire sont les meilleures formes de résistance face au dépeçage du monde. Dans cette pensée en tension, c'est toujours la poésie qui gagne.

*

La lenteur est devenue mon moteur, mais surtout, je ne dois pas m'arrêter pour atteindre cette transe qui fait surgir les mots. Je continue de me dissoudre dans le paysage pour mieux disparaître sous la peau des phrases. Résister peut aussi se faire dans la révélation de la parole. Maintenant je sais que je vais pouvoir commencer une exploration plus verticale, celle intemporelle de l'imagination.

*

Et si la marche n'était que le rythme donné à l'écriture
Marcher c'est composer
Les deux vont de pair
Comme mes deux pieds en suspens
sur le sol de la pensée
les phrases s'adaptent au terrain
Au point que l'écriture se confond avec la marche
Chaque mot formulé est une avancée vers demain

*

Les phrases s'élèvent d'un échiquier mal défini
en parachute d'idées comme les nébuleuses échappées d'une fabrique d'images

et en veux-tu en voilà
elles arrivent au grand galop soufflées depuis le cœur qui bat dans la fraîcheur de l'altitude, à plus de 1 500 mètres au-dessus du niveau de la mer
Tout est idéal ce matin et je danse légère sur la courroie du destin
et dans la cadence régulière je touche à la griserie d'où fuse le langage
mon pas devient aussi sautillant de souplesse que celui d'un jeune cabri
il épouse sentes et chemins de verdure
mon esprit devient allégresse
l'écriture épiphanie

*

La marche comme l'écriture nécessite un échauffement et un lâcher-prise : quand on bute, on continue. Au fil des jours, de mon avancée, des paysages, de mes notes, je flotte et deviens cette pensée en hypnose. Je me déprends de toute pesanteur. Il s'agirait de planter des mots comme on plante des arbres. Le temps du rêve et de l'imagination serait venu. Il ne resterait qu'à inventer de nouveaux moyens de vie et de connaissance.

*

Face au lac d'altitude
vaste étendue d'eau
mon regard n'est plus arrêté par l'horizon
le vent se lève

plus rien ne m'étouffe
je vis l'extase et la révélation
voilà ce que je cherche
la prose sur la vague
toutes les paroles qui affluent
tout est là dans le secret des ondes vibratoires
les mots arrivent par ressac et se libèrent sur la page
en écriture de sable
une phrase apparaît en ligne de flottaison
et en écriture de craie

*

Je suis dans un état d'alerte permanent et une totale disponibilité pour le brin d'herbe comme pour le bleu du ciel. Il y a, là ce soir, quelque chose de l'ordre de l'abandon dans la lumière nacrée qui nimbe les coteaux. Un ermite, sorti de la course du monde, parle aux arbres et aux écureuils. Il reconnaît mieux que quiconque les traces et les animaux. C'est lui qui m'apprend que l'oiseau que je vois planer est un milan royal : le *Milvus milvus*, le rapace adoré par Léonard de Vinci. Vulnérable, il est sur la liste des espèces menacées. Il est détruit en masse par les pales des éoliennes. Ici, l'escoufle est en abondance car ce territoire est préservé de ces installations. L'oiseau est une surgie d'espoir en plein ciel. Il s'abreuve, en génie de l'air, dans la flaque de lait d'un nuage en transit. Le voir devient à présent magique ! Un miracle qui colore mes pensées du jour. Grand voilier aux longues ailes rousses, striées de sombre. Je reconnais sa queue échancrée et ses ailes fortement coudées. Je devine son bec jaune et arrondi comme un mini-crochet. Je le reconnais maintenant comme le messager de la poésie. Le salut se trouve bien en dehors de nous-même. La nuit qui suit, je fus visitée par l'oiseau qui me demandait : « Pourquoi ne pas s'avouer et dire clairement que nous vivons en chute libre, la fin d'une civilisation ? »

# VI

Le lendemain midi, après le village de Chasseradès, à l'ombre d'un bouquet de pins sylvestres sous lesquels circulent des gobe-mouches, j'ai retrouvé Marvejols et Luce. Ils se sont arrêtés près d'un troupeau de vaches qui ruminent et lèchent un pain de sel. Elles chassent les mouches de leurs oreilles et de leurs queues qui battent la cadence sur le tambourin de leur panse. Parcourues de frissons, leurs peaux bicolores tressaillent. Marvejols fixe ce tableau de félicité. « Rosa Bonheur, Luce », s'exclama-t-il. « Rosa Bonheur ! » Il se demande si l'ânesse comprend que sa vie sur la route est plus enviable que celle des ruminantes qui sont aliénées au pouvoir des hommes. Finalement, sans expression apparente, les vaches nous regardent partir. Selon Marvejols, l'ânesse ne fut pas indifférente au bœuf. « Tous deux ont en commun le souvenir d'une naissance à Bethléem, quand par un froid à pierre fendre, l'enfant élu fut réchauffé par leurs haleines. » Plus loin, sous un chêne centenaire, nous rencontrons une femme qui parle une langue mélangée, sorte d'incantation des grandes plaines. Sa longue chevelure tressée lui donne un air d'Iroquoise. Marvejols guette dans les accents les histoires de vie, comprend que la paysanne loue ses bras pour des travaux des champs. On devine que dans cette contrée les hivers sont rudes. « Ici les flocons de neige tombent à l'horizontale », raconte-t-elle avec une voix chantante. Sur ce territoire, les maisons sont trapues, percées de rares ouvertures et ont des allures de forteresses. Les portes fantastiques impressionnent par leur épaisseur et l'élégance de leurs linteaux cintrés. Elle nous raconte que par endroits, les toits étaient en chaume de seigle, mais le plus souvent ils sont recouverts de larges pierres grises, en forme d'écailles de poisson.

*

La femme nous indique que nous sommes maintenant arrivés au seuil de sommets plus élevés et qu'au-delà s'étendent les hautes terres d'estive. Elle dit que pendant les longs mois d'hiver, un vent rasant, venant du nord et appelé la burle, balaie la neige poudreuse et limite les liaisons entre villages. Il n'est pas rare que des températures polaires surprennent des voyageurs égarés. Tout territoire a sa part d'inconnu. À cette altitude, l'horizon en son entier disparaît dans une ambiance bleue poudrée. Nous nous en remettons aux appels des clochers et aux bornes gravées, hauts mégalithes de granite appelées montjoies. Lors de son périple, Robert Louis Stevenson marchait dans un pays moyenâgeux et fermé, sur un chemin qui n'était absolument pas balisé comme aujourd'hui. Les Cévennes étaient très sauvages, voire préhistoriques. À l'époque, il traversait une zone peu accueillante où il ne fera presque pas de rencontres. D'ailleurs était-ce son but ? Il s'agissait pour lui d'une échappée en solitaire et non d'un voyage touristique, à la mode anglaise. Aujourd'hui, il est impossible d'emprunter les chemins par lesquels il est passé tout simplement parce que, depuis, il y a eu les grandes politiques d'aménagement du territoire. Des chemins creux ont été ouverts et sont devenus des axes routiers, moins adaptés à la pratique de la marche. Le GR 70, qui a été créé en 1978 par le Club cévenol, ne respecte quasiment plus le parcours de l'Écossais, même si tout nous le fait croire... En gros, à chaque étape, le marcheur est bercé dans le culte du romancier. L'explorateur accompagné de son âne est devenu un objet de marketing, « Sur les traces de RLS », labellisé par l'Europe. Et tout est décliné à la mode Stevenson de l'autocollant à la randonnée *sur mesure,* de l'auberge à la buvette, du camping au menu aligoté du marcheur. L'écrivain a bon dos et rien ne lui est épargné. C'est à peine si on ne propose pas aux pèlerins d'aujourd'hui de mettre leurs pieds endoloris dans les chaussons de l'aventurier et de se glisser sous sa couette, non sans une petite vaporisation contre les punaises de lit ! Bien sûr, il reste une trace ou deux, mais c'est à manier avec beaucoup de précautions et de conditionnels. Quoi qu'il en soit, je parie que ce petit commerce et ce fétichisme l'auraient fait sourire. L'homme ne manquait pas d'humour et surtout ne ratait pas une occasion de rire de lui-même ! Heureusement, on peut traverser, parcourir, sillonner les Cévennes en quittant les chemins rebattus et en empruntant une multitude de sentes qui irriguent ce territoire.

*

Survolés d'un grand corbeau, nous mettons le cap vers le cône d'un volcan éteint et atteignons bientôt les coulées noires des monts pelés. Là, sous la sapinière, les rais de lumière trouent le sol et les troncs tachetés ressemblent à des cous de girafes. Une pluie d'orage nous surprend. Côte à côte, nous continuons sur la piste mouillée, le long de buissons qui se consument en fumet de brume. Sur des toiles d'araignées perlent des gouttes de rosée. Ces pendeloques de transparence semblent nous signifier que la vie ne tient qu'à un fil que l'on tisse et détisse au cours d'une existence aussi éphémère que le passage d'une comète. Marvejols glisse parfois dans la mélancolie du jour, mais reprend pied en voyant l'âne pousser du museau un escargot dont la coquille luit comme un bijou. Luce attend qu'il sorte ses antennes pour le regarder de nouveau patiner sur la roche. L'homme et l'ânesse vont et viennent sans idée de performance, au gré de leur lubie. Leur solitude est à son comble et pourtant, à ce moment précis, ils sont heureux de sentir la présence de l'autre. Nos jambes sont des compas qui arpentent et découpent l'espace et le temps. À notre manière, nous participons à la rumeur du monde.

*

De loin en loin, nous voyons des fermes de couleur noire de suie qui auraient bien plu à Jack London, lui qui avait construit un ranch en pierre de lave en Californie, dans la vallée de la Lune. Depuis ce matin, tout est calme : aucun oiseau ni grillon. Seulement le silence qui vient du fond du ciel et du temps des étoiles, un silence d'une couleur cosmique qui se dépose sur nos épaules. Une tranquillité presque irréelle fait aimer ce paysage de recueillement. « Le silence de l'arrière-pays de l'enfance », songe Marvejols. Dans le lointain, un homme traverse la plaine. Ses pas frôlent le sol et soulèvent un peu de la poussière pourpre qui aussitôt retombe en petits nuages. Le balancier du temps se remet en marche.

*

Je ne sais pas grand-chose de Marvejols et cela n'a pas beaucoup d'importance. Il aurait pu être mon ami, mon frère, mon cousin, mon amant. Il me raconte que ses lunettes noires datent de l'époque où il fréquentait les clubs de jazz de sa ville et ses gants de cycliste ont appartenu à son grand-père qui avait voyagé pour participer à de grandes courses à vélo. Depuis, il aime lui aussi les cols et les dévers. Sa démarche contient un peu de cet épanchement qui épouse la courbure du monde et qui s'est accentuée depuis que ses parents ont disparu. S'enfoncer dans la marche est pour lui éprouver pleinement l'espace et le moment présent, tout en acceptant les épreuves de la vie qui dans l'ensemble l'ont épargné.

*

Voilà des jours maintenant que nous voyageons. La chaleur se fait plus mordante. Nous avons gagné une vaste forêt plantée de pins sylvestres et de jeunes bouleaux. Nous suivons une rigole où des algues microscopiques flottent en reflets pourpres. En milieu de journée, quand le soleil est à son zénith, Marvejols s'arrête pour communier dans l'immobilité fracassante. Tout est devenu si intense sous la robe des arbres que, par moments, il a le sentiment d'avancer sous la nef d'une église à ceci près qu'il adresse sa petite prière aux esprits de la Terre. Sorte de mélopée des origines : chant qui, en dépit des longues distances, le relie aux dernières peuplades indiennes. Sous la frondaison d'un large cèdre, nous nous reposons, apaisés par le parfum de gomme qui plane en cloche de quiétude. Puis, à la fin du même jour, nous poursuivons sur un sentier qui débouche sur une forêt de pins tortueux. Là, les troncs orangés prennent des formes étonnantes de cornes de gazelles ou d'aurochs qui nous font frémir d'une joie primordiale. Face à ces sculptures végétales, Marvejols dit : « Il y a quelque chose de plus ancien que l'Antique qui nous relie au temps d'avant la civilisation des hommes. » Il s'adresse aussi à l'ânesse qui déjà cherche dans les ronces un petit contentement. « Luce, sais-tu que nos ancêtres chassaient le bison ? Ils ont connu la période des mammouths. Toi aussi, tes ancêtres étaient les premiers équidés qui circulaient sur les marges du Nord. » L'homme les dessine sur le sol sablonneux et Luce regarde de ses grands yeux. Nous nous demandons si nous allons passer la nuit là, sous le couvert végétal. Nous avons remarqué qu'il est possible de nous faire une couche de feuilles sèches. Nous n'aimons rien tant que cette fusion avec le vivant. Ce soir-là, Marvejols s'endort en regardant les étoiles qui scintillent, et marmonne : « Je passerais ma vie à boire aux fontaines du monde ».

# VII

Ce matin encore deux milans royaux s'offrent une méditation de planeurs. Derviches-tourneurs des hautes atmosphères, ils louvoient lentement, évaluant leur territoire, enregistrant les moindres mouvements. Leurs taches blanches sur les ailes sont comme de grands yeux ouverts sur le monde. Sous la courbe de l'univers leurs cris d'alerte résonnent en salutation de courtoisie. L'apparition de ces seigneurs des airs est d'un charme confondant au point que je les guette et les désire. Quand ils apparaissent, mon regard perdu dans la fatigue de l'effort s'anime de nouveau. Quelle joie de les revoir ! Les oiseaux semblent m'indiquer un passage. Ils sont l'incarnation de la liberté et du rêve impossible. À les scruter dans leur petite mécanique d'envol, allongeant et rabattant les ailes, je me dis que l'oiseau nous envoie un message de clairvoyance. Quelle sauvagerie gardons-nous lovée en nous ?
Longtemps, tapie dans l'herbe, je les observe. Dégageant un calme, une élégance, les ailes immobiles dans l'espace, les milans détectent leur proie avant de plonger en piqué, les serres en avant.

*

L'après-midi suivant, nous rencontrons un éleveur qui traverse les pâturages et surveille de loin en loin son troupeau de vaches où un taureau a, selon lui, la journée pour réussir sa petite affaire. L'homme est habillé d'une combinaison de toile orange et raconte qu'il a passé quinze ans à servir des cafés, des œufs-mayo et des assiettes de frites sur les grands boulevards parisiens. Puis il a regagné ses montagnes car « rien ne vaut cette vie dans les hauteurs, éloigné des masses ingouvernables ». Marvejols se passionne pour son récit. Le paysan ajoute que « depuis Pompidou aucun homme politique ne trouve grâce à ses yeux »... Il élève des broutards qu'il fait engraisser en Italie, selon des procédés qu'il ne veut pas connaître. Il porte à sa ceinture un bout de botte en caoutchouc qui contient un peu de sel pour attirer les veaux. Les veaux, un autre président de la République les avaient comparés aux Français, mais Marvejols et moi-même ne nous souvenons plus de qui il s'agit. Le même avait parlé de « canards sauvages » et « d'enfants du bon Dieu »...

*

Les rencontres sont bien diverses sur ce chemin raviné. Le lendemain, nous croisons un couple bien assorti qui me fait penser à une comtesse déchue et à un prince désargenté ; j'ai soudain l'impression d'avoir été téléportée dans une nouvelle à la Hemingway ou à la Virginia Woolf.

Je glisse dans le rêve de l'écriture. Même si tous les jours je continue lors de ces haltes à me tenir au courant de l'état du monde, au fur et à mesure je me détache des informations quotidiennes, ne prêtant plus trop de crédit au ronron médiatique, préférant le gazouillis des oiseaux et le chant des cigales. Je me régale du paysage des causses, grandes tables calcaires creusées de canyons boisés. Plantées de forêts et de taillis de hêtres, de pins sylvestres ou encore de châtaigniers dans lesquels on creusait des ruches. Dans les failles suintantes, j'apprends que poussent des plantes carnivores qui, grâce à leurs feuilles aplaties et collantes, attrapent des insectes.

*

Depuis le parapet, je tente de décrypter le langage de la Terre et même celui des abeilles. Leur bourdonnement m'est devenu si familier. Un dialogue finit par s'instaurer avec la nature dans sa totalité. Finalement, il suffit de vouloir abandonner son arrogance de piéton des villes. La Terre, il n'est pas question de la posséder, c'est elle qui nous possède. Tout est sec d'un gris calciné. Attirée par le parfum résiné, je furète sous une pinède où les trouées de lumière sont les sources blanches du rêve. Je m'arrête et respire l'odeur de sucre et d'humus, fragrances que je recherche maintenant de façon quasi animale pour le bien-être qu'elles procurent. Marvejols me rejoint. Les forces du vivant ont le fabuleux pouvoir de guérison. L'enchantement vient de l'ultra-présence de la forêt : violente étreinte qui me propulse vers un inconnu aussi flou que le domaine des rêves lointains, ceux d'avant notre naissance.

*

La part du ciel comme la part des anges, je m'en enivre
Quand je n'en peux plus, je m'allonge et m'endors bercée par la pulsation de l'univers
Goûter les espaces habités par le domaine des ombres

Il n'y a plus de terre à découvrir, alors
Il y a l'aube et le petit jour
Il y a la joie d'être en harmonie

*

À mon réveil, le ciel paraît encore plus ample, tout devient plus vaste, c'en est presque invraisemblable. Ma joie est telle qu'elle a gagné l'air en son entier. Je ne m'imagine pas cesser de marcher et d'avancer sans fin ni raison, pour le seul miracle d'être vivante.

*

Le lendemain, de l'autre côté du versant, je suis attirée par un chaos de granite, amalgame de carapaces de tortues géantes aux reflets vert olive. En fait, il s'agit d'un ensemble d'orgues basaltiques, striées de sections hexagonales. C'est émouvant et j'ai soudain l'impression d'avoir sous les yeux un troupeau de baleines échouées. Je suis face à des roches magnétiques nées des plissements de la croûte terrestre. L'histoire de la planète se raconte dans ce livre à ciel ouvert. Tout contre ces pierres moussues, nous écoutons recueillis le chant du monde dont nous guettons les moindres signes.

*

Plus loin, comme en suspension, s'offre un lac aux reflets opalescents. « Vaste surface aveugle à regarder et à contempler », me dit Marvejols, interdit par la vibration du lieu. Il ferme les yeux et inspire profondément. « C'est peut-être cela le sentiment d'éternité », pense-t-il à voix haute, lui qui marche pour le plaisir d'être en mouvement, à la recherche du rien, c'est-à-dire du tout ! Dans la douceur du jour qui s'étire, il avance jusqu'au crépuscule.

*

Depuis des jours, dans la plongée vers des horizons inconnus, Marvejols et Luce vont bon train. Je les suis à distance. L'extase de la marche est telle que leurs corps s'allègent. Leurs semelles et sabots deviennent plumes, leurs esprits prennent la poudre d'escampette. Le paysage plus rocailleux convient bien à Luce qui est très à l'aise sur ses petits sabots noirs pareils à des cachous vernissés. La végétation change vite aussi. Désormais, plus sèche, elle exhale du parfum ambré de romarin. Tous trois avons besoin de ces grandes traversées pour mieux réfléchir. Nous remplissons nos réservoirs à rêves.

*

Les purs moments de symbiose avec la nature sont aussi les nuits paisibles sous l'arc céleste qui s'anime d'une pluie d'étoiles filantes et les après-midi dans les éclaboussures des torrents. Il y avait là, dans ces conques de transparence où l'eau roule sa chanson douce, une succession de microcosmes à explorer. Chaque pierre, chaque mousse, chaque bouton d'or devient un univers de merveille où se reflète l'enfance du monde. Partout sont des invitations à se fondre et à devenir cette feuille d'herbe, cette pousse de menthe sauvage, cette tige de fougère, cette rigole d'eau claire. Je m'imagine papillon multicolore ou libellule bleutée pour goûter l'éternité dans un jour d'été.

*

Je continue de guetter le milan. Je l'attends comme un signe tendu entre moi et le ciel. S'il fait partie des espèces en voie d'extinction, il me parle de notre propre vulnérabilité. Le voir, ne serait-ce que l'apercevoir, est magique. L'oiseau est devenu ma quête.

*

Ce matin encore, l'oiseau surgit. Il est à la fois passeur et signature dans l'azur, petit Latécoère qui donne, rien qu'en le regardant, une leçon d'aéronautique. En larges cercles d'hélice, il découpe le ciel de ses ailes pliées. Les amertumes et les visions ténébreuses de la nuit s'évaporent comme des mirages.

La marche essore mes pensées. Elle devient cette machine à laver de l'âme. Marcher nous rend meilleur et nous purge de nos petites contrariétés et de nos confusions. Dans la douleur de l'effort, tout devient spirituel au point que la psalmodie régulière de mes pas devient incantation. Je marche pour confier mes prières à la marche. Sur la voûte du miracle, j'en viens à vénérer ses pieds qui me portent vers demain.

# VIII

Là, sur les causses du Sauveterre, le ciel s'ouvre plus immense qu'ailleurs. Les nuées forment un fracas de blancheur qui progresse en rangs serrés et d'une allure constante, hypnotique. J'avance courbée dans les méandres de buis et de genévriers avec la sensation vertigineuse d'aller vers les origines du monde. Sur ce sentier, qui par moments se prolonge en un long tunnel de verdure, je pense à John Muir, lui aussi Écossais. Il est ce poète naturaliste, premier écologiste qui s'est tellement émerveillé des beautés de la nature lors de sa découverte des montagnes de la Sierra Nevada en Californie et de la vallée de Yosemite. Les pins sylvestres que je longe deviennent dans mon esprit les séquoias géants qu'il a admirés et qui éblouiront également Stevenson lors de son voyage en Californie. Les séquoias sont les arbres les plus grands du monde, en volume. Endémiques à la Sierra Nevada, ces conifères, dont certains ont plus de trois mille ans, sont de véritables totems qui ensemencent ma rêverie. John Muir est un homme exceptionnel. Il a vécu une existence d'aventurier au grand air et au plus près du monde sauvage. Il naît en 1838 à Dunbar où il grandit dans une famille nombreuse. Lui et son jeune frère, David, font les quatre cents coups sur le toit de la maison familiale ou dans leur village, entre bandes rivales, ils se massacrent à la façon *Guerre des boutons*, malgré les punitions cuisantes des parents. Les gamins n'en ratent pas une et courent jusqu'à la grève où ils passent leur temps à explorer les rochers et les trous d'eau, en contrebas des ruines du château médiéval. Son éveil au vivant et son goût du Grand Dehors va naître à Dunbar. Bien sûr il y a l'école et les sermons du père, extrêmement à cheval sur la religion, lui aussi presbytérien. Et puis arrive le jour où leur père leur annonce qu'il est « inutile de faire les devoirs car demain ils partent pour l'Amérique ». Leur grand-père leur donne une pièce d'or et ils mettent les voiles. Le voyage par bateau est long, mais les enfants n'ont pas le mal de mer. Ils jouent avec les vagues qui balaient le pont, aident les matelots et sont mêmes invités dans la cabine du capitaine étonné de constater comment de petits Écossais parlent et lisent si bien la langue de Sa Majesté. Par la suite, toutes ses années de jeune pionnier dans le Wisconsin sont passionnantes. Il se tourne avec une curiosité sans limite vers l'observation de la faune et de la flore de l'Amérique du Nord. La découverte d'un nid de geai bleu, la construction de leur barque pour aller explorer le lac près de leur cabane, l'arrivée d'un poney fougueux, la rencontre avec les Indiens des tribus Menominee et Winnebago : tout est mémorable et participe, dans ces grands espaces, à ouvrir son regard et à déployer sa sensibilité à la nature sauvage. Bien sûr, dans cette nouvelle vie, le travail qui les attend est sans fin : couper le bois, faucher le foin, retourner la terre, planter encore, s'occuper des animaux de la ferme. C'est une existence de sueur et d'efforts intenses qui se déroule au rythme des saisons et dans la solidarité qui se tisse au fin fond des campagnes du Nouveau Monde. Et puis la mécanique va arriver et le père va vouloir agrandir la ferme. John Muir lui va souhaiter étudier, mais bien vite préfère « l'université de la vie sauvage » aux cours dispensés dans les amphithéâtres. D'une santé et d'une résistance hors du commun, il se lance à pied à la découverte des États-Unis et il avale des centaines de kilomètres, il arpente en tous sens les territoires reculés de l'Indiana à la Floride, en passant par l'Alaska et la Californie. Tout cela, il le raconte avec brio et enthousiasme dans des écrits empreints d'humour et de poésie.

*

John Muir est un pionnier quand il traverse à pied ces grands espaces pour le seul plaisir de la contemplation et de la connaissance. À l'époque déjà, les Américains et certainement les Européens avaient du mal à comprendre son rapport au monde sauvage, eux qui voyaient d'abord la nature comme un réservoir de ressources à exploiter. Et ils ne s'en sont pas privés. À lire ses souvenirs d'enfance, on découvre la façon dont les Yankees abattent les forêts pour mieux cultiver, pratiquent la chasse et vont jusqu'à exterminer le pigeon migrateur qui se déplaçait en volées immenses. John Muir raconte comment les fermiers arrivaient parfois de très loin : équipés de longues perches, ils assommaient les oiseaux qui étaient au repos dans les arbres, pour ensuite amener leurs troupeaux de cochons qui se nourrissaient des cadavres des oiseaux et des poussins. Plus tard, John Muir assiste meurtri au grand dépeçage des forêts primaires et à la disparition des séquoias géants. Vers 1852, et pendant un siècle, un tiers de la surface des forêts de séquoias est coupé. Les plus gros arbres ont parfois été abattus à l'aide d'explosifs. Face à ce désastre John Muir est le premier à réagir en réclamant la création du parc national de Yosemite. En 1903, il persuade le président

Théodore Roosevelt de l'accompagner sur les lieux. Là, Muir va réussir à convaincre Roosevelt que la meilleure façon de protéger l'environnement est d'imposer un contrôle et une gestion du bois au niveau fédéral. Roosevelt est saisi par la personnalité de John Muir ainsi que par la beauté de la vallée. Les deux hommes camperont dans l'arrière-pays encore préservé. Ils discuteront jusque tard dans la nuit autour d'un feu et dormiront à la belle étoile pour se réveiller, au petit matin, recouverts d'une fine couche de neige.

*

Je pense à Stevenson et à l'appel du sauvage qu'il ressentira lui aussi en parcourant les Cévennes puis l'Amérique du Nord. À y regarder de près, il y a plusieurs points de convergence entre John Muir et Robert Louis Stevenson. Tous deux furent contemporains et originaires de la côte est de l'Écosse. Ils ont reçu la même éducation presbytérienne : rigide, brutale, où l'instruction et la religion étaient centrales. L'apprentissage de John Muir fut encore plus strict. Il a grandi dans une famille nombreuse avec un père vraiment dur qui menait son petit monde d'une main de fer. John raconte comment enfant son père lui faisait apprendre un si grand nombre de versets de la Bible qu'à l'âge de onze ans il connaissait par cœur quasiment l'Ancien Testament et la totalité du Nouveau. Au moindre faux pas, il recevait de sévères raclées. Robert Louis, quant à lui, était un enfant unique, à la santé très fragile, élevé dans une famille aisée d'Édimbourg. Il fut choyé entre autres par Cummy, sa nurse qu'il adorait et qu'il considérait comme sa deuxième mère. C'est elle qui lui apprit des cantiques et certains versets de la Bible. John Muir et Robert Louis Stevenson auront, tous deux, la chance de découvrir des forêts et des grands espaces naturels non encore défoliés.

# IX

Plus que jamais, lors de cette marche dans les Cévennes, je suis traversée par le flux du voyage. C'est le lent travail de la marche, grand tamis de la route. Je note les mots et les phrases qui arrivent en offrande, comme autant de bouquets coloriés. J'effeuille la réalité et découvre la libération que cela provoque. Dans ce vibrato, les mots s'entrechoquent et se déposent en pierres de rosée sur la page. Dans la fraîcheur du matin, ils sont à eux seuls la promesse d'une renaissance.

*

Quand on marche, tous les matins sont les premiers
On repart, les idées et les pieds apaisés par la nuit
Et si nous n'étions que des funambules avançant sur la crête de la vie à la recherche d'un équilibre intérieur ?

*

À Sainte-Énimie, le niveau du Tarn est si élevé qu'il interdit toute baignade et navigation. J'aurais pourtant aimé me rafraîchir, me laisser dériver et porter par les ondes sonores du courant, nager avec les truites qui se cachent sous les algues jaunes qui scintillent de toute la lumière encapsulée et couler vers le cirque des Baumes. Il faut dire que le méandre de la rivière est somptueux. Entre les causses Méjean et Sauveterre, le Tarn a creusé un canyon digne des plus grands westerns. Les gorges sont de profondes entailles qui laissent une signature de scalp dans le paysage, dessinant de grosses pattes de sphinx. Les dolomies, en se désagrégeant en sable fin, forment de hautes marches qui descendent en escaliers jusqu'au torrent et rappellent les vallées du désert des Mojaves en Californie. Depuis des millénaires, les habitants ont le sentiment de demeurer à l'abri de cavités et de replis troglodytes qui débouchent sur des joyaux cristallographiques. Dans ce lien quasi fusionnel avec les entrailles de la Terre, ils vivent avec les inondations aussi tumultueuses que les débordements des cœurs. Cette année encore, le Tarn a provoqué des dégâts prodigieux. En seulement quelques heures, son niveau est monté, surprenant les riverains.

*

Je vois ce monde de gouffres et de cavernes comme un appel vers les profondeurs. Assise au bord de l'eau, je pense à Stevenson et à son conflit intérieur. C'est un être tiraillé. La duplicité et la noirceur ne sont jamais univoques. L'Écosse et ses brumes sont le soubassement de son enfance. La topographie d'Édimbourg le prédestine au dédoublement : la ville haute côtoie la ville basse. S'il grandit dans une famille calviniste, dont il souhaite s'éloigner en voyageant au loin, lui aime les femmes, le vin, et a une prédilection pour les quartiers populaires, l'ambiance canaille des cabarets malfamés, ceux d'Édimbourg, mais aussi ceux de Londres et de Paris. Il est du côté de la vie, même si sa santé chétive le ralentit. Dans son écriture, il cherche à sonder et à combler cette dualité qui est aussi inconfortable car cela crée une souffrance constante chez lui. Dans ses plus tendres années, il faisait des cauchemars à répétition. Ces crises d'emphysème pulmonaire n'y sont pas pour rien. En 1878, quand il part dans les Cévennes, il est en proie à un trouble amoureux, mais pas seulement. Il est envahi d'une sorte de marée noire, un état dépressif que la route va apaiser. Plus tard, en allant aux États-Unis, il comprendra mieux – en faisant l'expérience du *wilderness* – les forces qui l'étreignent. Il percevra cette puissance obscure à l'œuvre dans la nature comme en chaque être, une énergie aussi créatrice que destructrice, et il apprendra à transformer cette puissance en imagination. On dit souvent qu'un livre en annonce un autre. Dans les Cévennes, pendant cette marche, son livre culte se mettait déjà peut-être en place : *L'Étrange Cas du docteur Jekyll et de M. Hyde* qui préfigurera les théories de l'inconscient de Freud. Le papillon est en train de sortir de sa chrysalide. C'est seulement de l'autre côté de l'Atlantique que l'écrivain Stevenson prendra son envol.

*

Le lendemain, je poursuis sur un chemin abrupt qui monte en épingle sur le plateau du causse Méjean. J'atteins la corniche. S'étend alors une steppe pelée qui ressemble aux immensités mongoles. À l'horizon, j'aperçois Luce et Marvejols ; de leurs pas si feutrés, ils tracent leur fin sillon. Dans une recherche d'équilibre permanent, j'avance sur le rebord du monde, la tête tout entière dans le vaste ciel avec cette impression maritime d'accoster une île calcaire. Des paysages se dégagent un temps géologique et une force qui donne de l'énergie à ceux qui y vivent et à ceux qui les contemplent. La montagne était autrefois recouverte de forêts, mais les changements climatiques et les besoins toujours croissants en pâturages ont entraîné, en partie, leur disparition. Maintenant se déroule un tapis d'herbe jaunie, consumé par des vents abrasifs et un soleil de plomb. Le piétinement des troupeaux a fait le reste. Le mouton est le roi de la tonte sur ce territoire sublunaire. En étoile, plaquée au sol, le chardon baromètre est une fleur mauve qui s'épanouit en fonction de l'humidité. Sur ce terrain, la sécheresse avance en champs de pierres. Extraites, elles sont comme des syllabes qu'on rabote des phrases. Depuis toujours, on les entasse et on les assemble pour fabriquer des murets, petits sonnets à la surface du monde. De-ci de-là, je reconnais les prunelliers qui de leurs épines éloignent les animaux. L'euphorbe d'un vert éclatant est, elle, toxique.

*

Sur le massif de l'Aigoual, les hêtres offrent une ombre de fraîcheur. Les pins pectinés furent plantés au XIXe siècle quand le territoire fut reboisé pour lutter contre l'érosion. Lors de cet énorme chantier, les ingénieurs forestiers ont acquis des terrains que les Cévenols voulaient bien leur vendre. Les essences les mieux adaptées étaient le pin noir avec une écorce sombre et de longues aiguilles, l'épicéa, le pin à crochets et même le séquoia géant ou le cyprès de Lawson. Face à leurs troncs fibreux qui ressemblent à des chevelures épaisses aux reflets cuivrés, je pense de nouveau à John Muir qui fut émerveillé face à ces déités vivantes qui tutoient les nuages.

# X

Je rejoins Marvejols qui m'attend près d'un ruisseau où Luce se désaltère. L'ânesse préfère l'imprévu. À l'orée d'un bois de saules, Luce est attirée par des carcasses de voitures abandonnées. Des 404 Peugeot, mais aussi des tracteurs envahis par des buissons de ronces. Dans une attitude des plus sceptiques, l'ânesse inspecte, paraissant embellir tout ce qu'elle voit. Elle boit aux fontaines des villages, glane foin et herbes tendres tandis que le voyageur mange le paysage et cueille des baies sauvages. Luce a retrouvé son éclat et son poil est devenu ce gris tourterelle dans la lumière du jour. Pour la soirée, nous nous installons dans un champ fraîchement fauché. Marvejols me raconte que s'il a sauvé l'ânesse de sa solitude, c'est elle qui aujourd'hui lui donne la meilleure des accolades. Comme lui, Luce est rétive à l'embrigadement. Elle préfère se rouler dans la poussière et n'a pas le côté précieux des chevaux de course. Le vagabond adore son compagnon de route qu'il voit comme le roi des animaux. Luce le lui rend bien et est avec lui toute en docilité. Il y a quelque chose qui me chamboule chez cet équidé. Je raconte à Marvejols que j'ai toujours aimé les ânes surtout depuis Pompon, l'âne de mes grands-parents, Anne-Marie et Louis. J'ai une tendresse infinie pour ces animaux. Leur allure, leur caractère, leur intelligence : tout chez eux me parle de la poésie vraie. Pompon a vécu plus de trente ans et nous a accompagnés durant notre enfance. Il était l'âne du Biot-des-Salines et était connu du village de Saint-Briac-sur-Mer et bien au-delà. Il gagnait les courses auxquelles il participait le dimanche et rapportait des coupes qui faisaient la fierté de ma grand-mère. Je la revois les disposer en trophées sur sa cheminée. L'âne de mon enfance avait tous les droits et on lui passait tous ses caprices. Lors des fêtes de famille, l'âne était paré de couronnes de marguerites et il était autorisé à entrer dans la maison pour y faire le tour de la salle à manger. Il était accueilli sous les vivats des plus jeunes qui lui glissaient un morceau de sucre tandis que les adultes levaient leur verre en l'honneur de Pompon. L'âne était un membre de la famille. Pour les enfants que nous étions, le summum de la fête était quand mon grand-père l'attelait d'une carriole pour nous emmener à la plage. Quels souvenirs ! Notre âne nous a offert de belles et grandes émotions. Dans ses silences comme dans ses braiments tonitruants, dans son refus d'avancer ou de partir à bride abattue, il a enchanté nos vacances entre mer et campagne. Curieux, tellement imperturbable. Dans ses soupirs, il paraissait avoir la sagesse d'une divinité inca, figée dans ses pensées insondables. Je le revois à la barrière de son enclos, toujours à guetter notre arrivée et à chercher notre contact.

Luce me fixe. A-t-elle compris que je parlais d'un de ses cousins ? Je me souviens d'un soir de Noël où Pompon avait participé à la crèche vivante du village. Je ressens encore une excitation mêlée à de l'étrangeté de le reconnaître trôner dans le chœur de l'église lors de la messe de minuit. Il avait été bien brossé pour l'occasion et on lui avait posé sur le dos une étole de chanvre. Je revois ses larges yeux et ses oreilles bien droites. Il était ce figurant, lui qui n'aimait rien tant que le grand air. Il jouait le jeu, mais je crois bien qu'il n'en pensait pas moins. Et soudain il s'est mis à bouger et à tourner sur lui-même, semblant nous dire que nous étions tombés sur la tête et qu'il voulait retrouver son champ. C'est curieux comment ce voyage à travers les Cévennes me ramène à Pompon et aux années les plus douces de mon enfance.

*

Marvejols, très attentif et ayant pris goût à mon récit, demande alors avec son air malicieux. « Et Stevenson, à quoi ressemblaient ses jeunes années ? » Stevenson est né à Édimbourg, dans une famille bourgeoise et aisée de l'époque victorienne. Son père, Thomas Stevenson, est ingénieur et bâtisseur de phares. Il sera souvent parti loin de chez eux pour réaliser ses tournées d'inspection. Sa mère Margaret est la fille d'un révérend, elle est âgée de vingt et un ans quand elle met au monde le petit Robert Lewis. Très vite, elle est dans l'impossibilité de l'élever car elle souffre de problèmes pulmonaires et nerveux. Alison Cunningham est engagée comme nourrice et deviendra la nurse adorée dite "Cummy" qui s'occupera du petit "Smout" ainsi surnommé par ses parents. Elle le surveille comme le lait sur le feu, mais le jeune garçon tombe lui aussi malade. Il enchaînera les rhumes, les bronchites, les pneumonies l'empêchant de suivre une scolarité à l'école où il n'ira quasiment pas. Ses parents déménageront plusieurs fois à Édimbourg pour s'installer dans une maison plus saine, c'est-à-dire moins humide. Stevenson enfant, n'est jamais beaucoup sorti de chez lui. Souffreteux, il passera de longues journées alité, aux prises avec de grosses fièvres, pendant lesquelles sa nurse lui fait la lecture de la Bible et des contes populaires, peuplés de fantômes ou de possédés, mais aussi de *Robinson Crusoé*, du *Pilgrim's Progress* ou encore de *La Case de l'oncle Tom* et puis des récits historiques des atrocités qui opposèrent les Presbytériens aux Anglicans. Heureusement Cummy lisait aussi des fables plus drôles et légères ! À cette période, il joue parfois avec son cousin Bob, celui qu'il rejoindra en France. Les deux enfants s'inventent des histoires avec un castelet de marionnettes. Ensuite, viendront les premiers voyages en bord de mer et les périodes de cure en Italie, sur la Côte d'Azur pour soigner son emphysème. Ces années sont déterminantes pour comprendre l'écrivain qu'il est devenu. Tout s'est joué là, dans sa ville natale où il a ressenti, pour la première fois, une émotion qui l'étreindra sa vie durant : il s'agit d'un ébranlement face à la réalité qui le fait osciller entre la célébration du monde et l'horreur sans bornes. C'est ce trouble qui fera de lui ce raconteur d'histoires où il réussit à créer un arc de tensions entre ombre et lumière. L'archer peaufinera son tir.

*

Le jour décline. Un groupe d'hommes et de femmes vient vers nous. Ils nous proposent de partager leur dîner. Ils sont originaires d'un pays agricole qu'ils ont quitté il y a quelques mois. Nous comprenons qu'ils louent leurs bras à la semaine pour des travaux des champs. Leurs familles ont émigré. Certaines ont traversé les océans et se sont installées dans des contrées plus lointaines, peut-être dans l'autre hémisphère. Dans cette saison en pente douce, les voix se libèrent et les chants montent dans l'air tiède du soir. Un homme les accompagne d'un petit accordéon et d'une voix caverneuse. Les jeunes femmes aux corsages brodés dansent une ronde. Une femme plus âgée fait circuler un plateau où elle a disposé des dés de fromage et des bâtonnets de légumes crus. Un homme fait cuire des brochettes sur un barbecue improvisé. Personne ne sait de quoi sera fait l'avenir et on préfère goûter le moment présent. Le soir s'étire et des rires éclairent le silence de la nuit. Le lendemain matin, Marvejols donne l'impression de se réveiller dans un autre corps. Est-ce le vin sucré partagé avec la communauté des hommes et des femmes ? Il est tout étourdi, la tête enchantée comme après l'amour. Luce a bien remarqué que Marvejols s'était absenté une partie de la soirée.

*

Après un raidillon, nous gagnons la crête des collines peuplées d'éoliennes qui tournent à vive allure. Un chemin à flanc de coteau nous mène au-dessus d'une vallée industrieuse qui s'ouvre sur de grands silos à grain et des hangars où sont entreposées d'énormes machines agricoles. Peut-être une coopérative. Dans le télescopage des temporalités, nous percevons la vie moderne et les moteurs à réaction, ceux du ciel et ceux de la terre. Nous voyons, enchevêtrés, des portiques et des échangeurs routiers. Les bourdonnements des insectes et les chants des oiseaux nous retiennent encore un peu du côté de la rêverie. Depuis quelques heures, le sol noir s'est mué en clarté du Sud, éclaboussé d'une lumière blanche. Tout se réverbère. Un vent chaud s'accroche en notes majeures dans les épines et les genêts en fleurs qui explosent d'un parfum vanillé. Dans cette transition, le chemin est parsemé de pétales d'aubépine qui interpellent l'ânesse. J'ouvre mon parapluie pour me protéger du soleil meurtrier qui déploie sa lame de chaleur. Après la lande plantée de genévriers, on s'enfonce à l'ombre d'un bois de chênes-lièges qui exhale des senteurs du vétiver et du laurier. C'est un véritable festin olfactif ! Nous progressons à toute petite allure afin de mieux percevoir et d'enregistrer les subtiles variations de notre descente vers la Méditerranée. Nous voulons visualiser les nouvelles couleurs, nous voulons respirer les nouvelles fragrances. Retenir pour se souvenir. Je connais mal ces latitudes et ressens une grande curiosité. Peu avant un hameau, un ancien *camino* de transhumance épouse la courbe d'une colline, il s'étire infini et, tout du long, nous nous régalons de fraises sauvages.

*

Depuis plusieurs heures, nous longeons de loin en loin une voie ferrée, signalée par des poteaux téléphoniques. Une fois par jour, un train de marchandises de plus d'un kilomètre fait gémir sa sirène de cachalot. Nous l'entendons venir et disparaître dans les plis du paysage. Dans toute la contrée voyagent des convois de bois qui dévalent les pentes comme ils braqueraient des drugstores. Parfois des bergers, en éleveurs nomades, soulèvent des mirages avec leurs chapeaux de couleur aubergine. Ils surveillent leurs troupeaux de brebis et de chevaux qui se languissent sous les bouquets d'eucalyptus.

*

Je tressaille au passage d'un avion de chasse qui franchit le mur du son. Il me sort de ma griserie. Apprend-on à voyager comme on apprend un métier ? La chaleur est de plomb et les semelles de mes chaussures semblent fondre et se décoller. Il n'est pas imaginable de continuer pieds nus sur le sol brûlant. Je décide de m'arrêter à l'ombre et d'attendre que le soleil décline. Marvejols lui préfère poursuivre à son rythme suivi de l'ânesse.

# XI

Cette nuit encore, les araignées étaient à leur ouvrage : elles ont filé leurs toiles qu'elles accrochent en attrape-rêves. Quel contact peut-on avoir avec le monde sauvage ? Leurs pièges de soie invisibles à l'ombre irradient de mille diamants dans les rais de lumière crue qui perforent en biseau les sous-bois odorants. Gluants, les fils chatouillent le visage et se déchirent à mon passage. J'emporte avec moi ces broderies géométriques qui se présentent en savantes interfaces entre plusieurs mondes. Bien que radicalement différents, nous appartenons au même cosmos. Ce frottement des altérités nous ouvre les portes de l'intuition.

*

En contrebas de Meyrueis, coule la Jonte qui ne cesse d'œuvrer. La rivière creuse les gorges du canyon, grande fresque coudée où se déploient les couches géologiques du temps et où se raconte la fabrique de notre planète. Au loin, un moteur de scie circulaire violente le chant de l'été, mais voilà de nouveau l'oiseau contre le ciel indigo et c'est à nouveau l'uppercut
le milan en majesté
aussitôt c'est le plongeon

C'est l'oiseau qui me guide vers notre part d'animalité que je nomme la fauve *sauvagerie*. Je touche au sublime avec cette impression de glisser sur le fil tranchant d'une plaque de verre
En un clignement d'aile, l'oiseau balaie l'horizon de son regard de voyant
Parfois contre les marbrures du ciel, ils sont plusieurs
En parade hypnotique, ils volent avec tellement d'habileté
En arrêt dans la bruyère, la tête tendue vers l'infini de l'univers, je les tiens dans mon arc de vision
Ailes ramassées, ils sont ces merveilleux bolides de l'azur
ils se laissent dériver au gré des courants d'air chaud
petits moines célestes, leurs besoins de ciel et de vent sont immenses
aussi vastes que leur liberté
À cet instant, s'intercalent dans mon esprit des scènes du théâtre japonais : le kabuki où la puissance surnaturelle des acteurs est renforcée par le maquillage des visages poudrés de riz et surlignés de couleurs vives
de noir profond aussi
Là, dans cette impossible fusion
La distance fascine et m'étreint
C'est l'oiseau qui enseigne que, si nous faisons partie du même monde, nous ne pouvons que cohabiter
À cet instant, je vais vers la lumière

*

À l'aplomb des vestiges de l'abbaye de Notre-Dame-du-Bonheur, deux milans patrouillent en parallèle. Une source se répand au fond du vallon et forme un petit delta spongieux où prolifèrent des plantes de marécages. Des moustiques se déplacent en bandes, poursuivis par des libellules aux reflets bleus métalliques qui se perchent en vigie sur des roseaux. L'ânesse s'est éloignée de la tourbière pour s'intéresser à un pommier sauvage tandis que Marvejols s'est assis sous la fraîcheur des murs.

*

Sur un sol de schiste après l'Espérou et le col de Serreyrède, c'est la bascule vers le Midi. Un lézard jaune se dore la pilule. Je suis escortée par des éphémères aux diaprures bleu lavande. Sur cette terre de calcaire plantée d'orchidées, mes pas se font plus légers : je marche d'une énergie neuve qui irradie de clarté. Emplie de cette vitalité renouvelée, l'écriture devient plus aérienne comme l'effet d'un souffle dans les hautes herbes. À mesure que je descends sur le versant méridional du massif, les fleurs rapetissent à l'image de ces bleuets qui sont comme des boutons cousus sur des feuilles argentées. La végétation se raréfie, soumise aux rafales de vent et aux rayonnements du soleil ardent. Sur ce sol pauvre, lessivé par les orages, l'agriculture est presque impossible. La puissance du vivant s'éprouve dans la solitude et le silence minéral. Dans l'âpreté de ce pays, il n'y a pas de mise en scène : le berger est comme le marin face à l'immensité du désert océanique, humble et patient. Il regarde ses brebis qui paissent et participent à l'économie pastorale du pays. Elles donnent le lait qui est collecté partout dans les vallées pour la fabrication du Roquefort. C'est la nature souveraine qui commande.

*

Des coteaux escarpés regardent vers le sud. Ici et maintenant, c'est le royaume d'une végétation persistante : le chêne vert, le pin maritime, l'arbousier ou encore la ciste aux feuilles de sauges dont on reconnaît les fleurs blanches. La forêt méditerranéenne prospère. C'est là que j'aperçois une biche dans sa robe cuivrée. Alors que j'avançais sous le vent sur une route forestière, après un virage montant, l'animal paisible a bondi tout en souplesse pour franchir le fossé. La collision a failli avoir lieu, mais en suspension la biche a réussi à dévier sa trajectoire avec l'agilité du vif-argent et a aussitôt disparu. Ventre à terre, dans les sous-bois, en un clin d'œil. Longtemps après, j'ai gardé l'image de sa croupe mordorée et surtout la déception de ne pas avoir su favoriser la rencontre.

*

Il suffit de regarder le ciel où s'inscrit en partition la musique qui vient du fond de l'univers, la respiration du vent circule entre les arbres et fait siffler les sapinières. Quel chemin a parcouru ce souffle qui raconte l'histoire du monde ? Je suis prise de vertige face à l'étendue infinie qui ondule jusqu'à la Méditerranée. Je regarde les hautes herbes se balancer comme la chevelure d'un enfant. Le désir et la poésie me soulèvent à chaque pas. Je crois distinguer des petites voiles blanches qui flottent sur l'horizon comme celles que regarde Paul Valéry.

*

La réalité nous révèle la poésie du monde. Entre le chaos de blocs de granite tombés comme une pluie d'oracle, les hommes et les femmes font de leurs prairies des jardins zen. Heureux les artisans du paysage, invités au pays des dinosaures où les lézards sont les messagers. Au pied des flancs accidentés de pointes rocheuses s'étendent de vastes pierriers qui scintillent de millions de perles de mica. D'énormes galets sortis de terre comme au premier jour du langage semblent polis par des milliers de palais. En secret, les parapets charpentent le lignage des histoires entendues qui circulent indifférentes aux dictionnaires des modes. Dans ce pays solaire, on arpente les montagnes, non comme accessoire de vie, mais pour lire en soi-même. En calligraphie, les murets de pierre sèche dictent le paysage. L'écriture est bien incrustée en toute chose. Si les champs sont des poèmes de fleurs, la magie de ce territoire tient à l'abandon des espaces où tout n'est qu'improvisation.

*

Il est extraordinaire d'embrasser un espace si vaste par le regard et par l'effort de la marche. Au loin, sur la ligne de crête les hameaux scintillent comme des feuilles de nacre secouées par un vent de tourmente qui égare le voyageur. En taches de civilisation, les versants ensoleillés se colorent de cultures céréalières. Depuis le néolithique, des femmes et des hommes tiennent là dans l'austérité d'un pays où il faut d'abord domestiquer la terre, c'est-à-dire dépierrer à la main les flancs des champs, élever des murets et bâtir des fermes. Il y a, aussi, à l'ombre d'un cyprès, les lauzes dressées en sépultures dans le cimetière familial et protestant. Le bois

d'œuvre et l'eau de pluie recueillie sont des biens précieux. Ces hommes et ces femmes vivent en pionniers dans la dureté des sols et des cultures en terrasses où court la vigne qui donne un vin fleuri pour accompagner une fricassée de cèpes. De-ci de-là pousse un amandier ou un figuier. Les murets de pierres sèches retiennent l'eau des vergers, dérivent celle canalisée pour le potager. Le châtaignier est l'arbre à pain. Vénéré, il offre ses fruits, son bois imputrescible, ses feuilles. Les maisons sont élevées sans fondations, à même la roche. Puis l'exode rural arrive et les maladies, comme celle de l'encre.
À ces altitudes perdues, dans l'aridité des pentes, on sent plus qu'ailleurs la valeur de l'effort pour gagner un coin de terre où il sera possible de cultiver quelques légumes. L'immense richesse, c'est la beauté dans la simplicité des choses où le temps, passé à œuvrer pour la survie de sa famille, paraît ne pas avoir de prise.

*

Je devine cette vie lente et j'entre en communion avec ce pays. À force, les femmes et les hommes connaissent par cœur l'empierrement des chemins comme les visages des générations qui les ont précédés. Bien sûr, il fallait glaner et faire sécher les châtaignes sur des planches à claire-voie, entreposer la récolte, en assurer une bonne conservation car c'est la nourriture de base pour l'hiver. Puis la sériciculture est arrivée. Cela signifiait plus de revenus. Le mas de schiste de couleurs gris perle a évolué et s'est étendu. Dans une température constante et une ventilation idéale, la culture du ver à soie avait lieu dans des magnaneries indépendantes.

C'est dans les Cévennes que la sériciculture est née au XIIIe siècle et a pris un essor au XVIe siècle. À partir de là, le mûrier blanc a conquis les vallées et a marqué à jamais le territoire. J'aime imaginer les gestes et décrypter les traces laissées par cette histoire dans le paysage et l'habitat : les restes de filature et les arbres jaunes d'or donnent des feuilles dont raffolent les vers qui ont éclos d'abord dans des couveuses. Bave, fil, cocon, chrysalide et papillon. En 1865, une violente épizootie a ruiné la production. Louis Pasteur a réussi à enrayer la maladie. Des entreprises spécialisées fournissent aux éleveurs de vers à soie des œufs de bombyx sélectionnés par lui, mais cela n'a pas suffi à relancer la production. La concurrence des soies artificielles et celles de l'Extrême-Orient ont entraîné le déclin jusqu'à l'arrêt en 1965. Bien sûr, il y a eu dans les années soixante-dix, une tentative de relance autour d'un mûrier japonais, le *kokuso* avec pour la toute première fois la multiplication *in vitro* des mûriers.

*

Au cours de cette descente vers la Méditerranée, je constate que la douce mécanique des marées n'a pas abandonné ce milieu de roches calcaires. En l'espace d'une journée, je parcours des paysages de plus de 600 millions d'années. Évidemment, qu'on le veuille où non, on est saisi de vertige. Les sédiments et les dépôts de vase argileuse renferment des ammonites et des fossiles qui conservent l'empreinte du passage d'une mer chaude et primitive. On peut y lire comme sur un parchemin les premiers mouvements de la vie. Plissement, formation des montagnes, mise en place des vallées, départ définitif de l'océan, érosion, rabotage, divagation : tout un mambo géologique dont je me délecte. Il y a en nous un besoin d'éprouver la géographie pour s'éprouver dans le monde.

*

La poésie tient à la force du réel. Marcher et écrire accorde un répit et rend la vie plus longue. Marcher pour oublier le temps ou plus précisément pour l'anéantir. Dans le carambolage du temps et de l'espace, nous faisons l'expérience de la disparition et trouvons notre juste place au cœur de la nature souveraine. Marcher, c'est mourir un peu et renaître à chaque pas.

*

La pensée n'est plus qu'un dérivé sur la courbe de l'horizon
Qui évolue
À mesure de la marche
on change d'état et de couleurs
C'est comme entrer en fusion avec le passé le plus lointain
Dans cette collision des temporalités, on bascule dans un trou noir cosmique où le présent
est aboli et s'écrase comme un château de cartes
Dans ces moments de grande volupté
Les âges se ramassent et s'effacent
On marche et on découvre que le temps n'existe pas

# XII

Tout d'un coup, une sauterelle bondit au nez de Luce qui revient à la réalité et à son refrain. Plus que jamais dans ces longs moments de voyage, l'ânesse semble vivre sous d'autres cieux, à une période autre, avec toujours ce pas de côté.
Pour se rafraîchir, Marvejols se glisse dans un torrent où l'eau est délicicusement douce. Il s'allonge dans une baignoire naturelle et son esprit est aussitôt happé vers le domaine de la rêverie. Les mouvements de l'eau et les rayons du soleil qui dardent lui provoquent une violente excitation qu'il ne cherche pas à réfréner. Envahi d'un désir impérieux, il libère une myriade de papillons blancs, puis s'endort sur un banc de sable.

*

En mikados des rivières
l'homme appelle la mésange et le pic noir
les éperviers et le coq de bruyère
En mikados des rivières
il loue les martins-pêcheurs qui s'activent toute la journée
dans la bambouseraie

*

À son réveil, il se souvient de sa jouissance dans la moiteur de l'été et sourit. Lui et l'ânesse repartent, avec toujours la même soif, celle de se tenir à l'écart d'une vie cadencée. Pour eux, il suffit de se mettre en chemin pour atteindre le bonheur. À chaque pas, dans la recherche d'harmonie, il réclame l'idée neuve. « L'innovation, le poète est bien à l'affût de cela », se dit Marvejols. Il la guette dans le ciel, le paysage et au contact de l'animal. Il prend le temps de regarder la végétation peuplée d'insectes qui ont échappé à la sixième extinction. Depuis toujours, il perçoit qu'il y a, au fond de lui, quelque chose qui le dépasse. C'est ce sentiment qui l'a entraîné sur la route. Plus que jamais, il en appelle à l'inconnu.

*

Par moments, la région est si vaste qu'elle paraît pleine de vide. En vigie et contre le ciel de canicule, nous voilà de nouveau réunis. Tous les trois, nous nous postons comme des Sioux. Depuis, notre nid d'aigle, nous dévisageons l'horizon. La liberté est devenue notre mode de vie, faite de mouvements et d'humeurs que nous calquons sur ceux du soleil et du vent. Puis nous repartons encore. Dans cette mécanique soutenue de la marche, nous finissons par avoir le tournis. Il s'agit d'un frisson, proche d'une jouissance, qui étreint nos corps et nos pensées. Nous touchons au miracle. En équilibre sur la crête de l'existence, nous continuons malgré nos muscles endoloris. Le chemin travaille en nous et des phrases surgissent aussi sautillantes que des lapins agiles. Marvejols les retient et les déclame à haute voix. Lui aussi découvre le pouvoir de création que permet la marche. Il se déprend plus encore de toute pesanteur. Effeuiller le réel

nous ouvre la possibilité d'une introspection sans fin. Dans l'après-midi, au fond du ciel naît une brume de chaleur qui se soulève en respiration bleue. Comme Marvejols ruisselle de transpiration, il fait sécher son unique tunique sur les branches des arbres. Sa chemise gonflée par le vent ressemble à un bourdon en vol. À mi-pente, peu avant de franchir le col, nous découvrons un énorme amas granitique qui ressemble aux visages ensommeillés d'une civilisation disparue. Nous explorons ces statues de pierre brute tandis que l'ânesse boit au petit torrent. Nous installons notre bivouac car la fatigue se fait sentir. Bientôt, dans l'obscurité, nous voyons filer une chouette effraie. Nos pensées voyagent et se recomposent sous le couvert de la forêt. Les mots infusent et s'affinent pour mieux jaillir au réveil. De l'autre côté de cette caverne, un homme vit caché.
Il apparaît, chevelu et barbu, comme tombé d'une autre planète. Habillé d'un treillis, il mène l'existence d'un trappeur. Cet ancien officier de l'armée de l'air a fui la guerre et l'horreur des combats. Il ne cesse de parler à la poussière et de répéter : « La mort, on ne l'oublie pas, quand elle vous frôle et quand on la donne. » Cet homme, dont nous voyons à peine les yeux, dit que sur ce territoire plus sombre circulent de grands chiens sauvages, mais également des hommes et des femmes qui souhaitent se faire oublier un temps, pour renaître. Marvejols comprend que nous nous trouvons encore sur le territoire du loup.

*

Dès le lendemain, nous croisons de loin en loin de jeunes errants aux regards graves qui avancent en groupes, psalmodiant des litanies mélodieuses. Ils s'inventent une histoire pour se donner du courage et atteindre le pays désiré. Ils révisent en paroles leur passé quand, en attente de grandir, le temps ne s'est pas encore mis en route. Ils rêvent d'un amour qui les sauvera de leurs tourments. La route est aussi, pour ces petits gueux des temps modernes, tout leur espoir. Il est difficile de savoir qu'elle est la place pour eux du souvenir. Ces enfants perdus connaissaient-ils l'origine de leurs parents ? Déplacés, tous maintenant marchent chahutés par le blues des migrations et de l'exil. Ils finissent par se demander si le territoire convoité existe. Un jeune se demande : « Où sont passés les vers luisants de mon enfance ? » Là, dans cet espace flou, à la faveur de l'été, certains vont cultiver des fruits et des légumes, d'autres faire de l'élevage. Marvejols remarque que certains posent des collets ou chassent comme les Indiens d'Amazonie. Autant dire que Marvejols ne quitte plus Luce d'une semelle.

*

Un vent solaire fouette les vastes étendues que n'arrive pas à conquérir la bruyère. En contrebas de coteaux tourmentés, les arbres tombés grincent sous les futaies. Dans ces hautes solitudes, le chant du pic épeiche est réconfortant. Je suis hypnotisée par les graminées qui roulent comme la houle. Il y a là quelque chose d'océanique où, à certaines heures, on s'attend à voir transiter des navires sur le sommet des herbes bleues. J'aimerais sceller mon destin dans ces contrées passées au chaudron des âges, convaincue que, sur ces chemins pavés de rochers incandescents, une vie plus simple est possible. En petits repères, surgissent, sur la pelouse rase, des bornes de granite qui guident le voyageur. Dans cette zone tellurique, zigzaguent des vipères et les pommes de pin tombent en quantité. Quel étrange territoire où les oiseaux volent de travers ! Les mouches se cognent au visage. J'ai le pressentiment d'arriver sur les marges des lointains connus des seuls amoureux de papillons rares. Sur ce terrain accidenté nos pas sont lourds. Depuis quelques heures, Luce n'est plus que l'ombre d'elle-même. Que s'est-il passé ? A-t-elle bu trop d'eau fraîche ou s'est-elle fait piquer par un scorpion ? La tête basse, entre les genoux, elle avance résignée. Ses petites pattes droites comme des baguettes d'automates tremblent. À moins que ce ne soit la fièvre des lacs d'altitude et des tourbières où poussent la linaigrette et la laîche des bourbiers ? Marvejols ausculte Luce. Rien de visible ; un sentiment de dévastation le submerge quand il voit son regard abattu. Que se passe-t-il ? Nous sommes désarmés face à l'ânesse. Marvejols ne sait rien de la souffrance de Luce. En fait, nous arpentons un champ de bataille où une guerre a eu lieu il y a bien longtemps. Une guerre où des ânes ont été jetés dans des fosses communes. Nous repartons et à mesure que nous nous éloignons de ce champ de malheur, l'ânesse reprend goût à la vie.

*

Au loin une route souligne le rebord du monde qui frémit dans la chaleur de l'été. Nous ne pouvons plus avancer que dans une trêve de soleil accompagnée d'un soupir du vent. La touffeur est devenue si intense que les oiseaux se cachent, seuls les éphémères, petits papillons d'un jour, se lancent dans l'air brûlant au hasard des fleurs. Rares sont les grillons qui continuent de *grillonner*. Parfois, nous découvrons des cairns, comme les membres d'une famille réunie.

*

Sur ce territoire, le couvert de la forêt est notre alliée. Parfois, nous entendons des cris animaux inconnus que nous ne voyons pas, des appels et des feulements qui font penser à des singes-hurleurs ou à des cacatoès.
L'expérience du paysage est une révélation. Il pénètre en nous avec volupté. C'est la fusion qui fait de nous ce que nous voyons. Je deviens vallée glaciaire ou petit caillou de granite.

*

Le vent fort est cette respiration qui n'a pas cessé depuis les origines du monde. En courant contraire, il croise et atteint des vitesses extrêmes donnant aux arbres des allures prostrées de mendiants. Source de vie, mais aussi de mort, quand il amène les mauvais virus. La fin du monde viendra peut-être quand le vent tombera à jamais.

# XIII

Un peu plus loin, sur l'autre versant, on coupe et on broie les arbres comme on équarrit les chevaux abandonnant la vallée à une désolation de ruines. Sur ces exploitations forestières, tirées au cordeau, chaque tronc est planté pour sa valeur économique. Des nuages de mouches noires escortent les trains de bois comme s'il s'agissait de convois mortuaires. J'accélère le pas. Sur ce grand escalier, je franchis encore un palier et tout devient plus évident. Mes pensées s'éclaircissent avec la lumière et les roches plus blondes m'apportent un grand apaisement. Des campanules, daphnés camélées poussent en petits prodiges. Les insectes sont fous de leurs pigments et de leur pollen. Et dans ce foisonnement des senteurs sommitales, je crois entendre la rumeur de la mer. C'est la mémoire maritime qui se loge au cœur des éclats de granite et des milliards de particules de vent. Je traverse un village moribond où les voûtes en arc brisé ont été taillées dans des segments de calcaire. Le torrent a été dévié en canal de sécurité pour une filature adossée à une minoterie. À la boulangerie-épicerie une femme me raconte que, si la mode n'est plus aux bas de soie, quelques emplois ont été préservés dans la fabrique de collants en nylon. Dans la vallée, entre Avèze et Montdardier, le tissage perdure dans l'enchevêtrement des branches et des feuilles de mûriers et le tricotage continue de se transmettre en catalogue de pelotes et en bobines de fils élastiques. J'ai gardé au fond de ma poche un bouton de nacre. Qui se souvient que Coco Chanel avait des origines cévenoles ? Je m'arrête sous un bosquet de chênes verts. Tout est sec et embaume des parfums résinés de garrigue : thym et menthe sauvage, armoise et genêt scorpion. Des flaques de lumière blanche trouent le sol de schiste, fragile millefeuille qui miroite et paraît sur le point de se dissoudre en écailles de roches. En ces temps d'incertitude, tout n'est qu'incandescence, tout n'est que mirage.

*

C'est la torpeur du mitan du jour. Les grosses libellules volettent en petits Canadairs et les taons font du surplace. En bombardiers, ils sont prêts à fondre sur moi. Le chemin repart dans l'autre sens. Dans l'effort de la montée et sous le soleil qui darde, je souffre. Je m'arrête et reprends haleine. Je ruisselle de transpiration tandis qu'alentour c'est la grande fornication des insectes à élytres qui se répondent en modulations circulaires. Plus rien n'arrête leur symphonie de crécelles et de bâtons de pluie. Par vagues sinusoïdales, c'est la grande danse de l'amour. Je suis à présent dans le noyau d'une zone à hautes tensions. Je repars. Dans cet appel de la Méditerranée, les cigales sont reines et les mouches au vol erratique ne sont plus que des insectes de banalité. En décharges électriques, les notes suraiguës atteignent une nervosité assassine. Pas un souffle d'air, de nouveau je fais une pause pour boire. Écrire aussi. Au moment où j'attrape mon carnet, l'activité qui bat son plein stoppe net. C'est le poids de la sidération et de la chaleur qui anéantit toutes vibrations sonores. J'ai l'étrange sensation d'être observée par une foule d'yeux à facettes. Un silence d'enclume s'écrase en mille planètes. Ici, l'astre solaire est pluriel tant il est mordant et mortel. Tout devient tragique, tout devient noir. Dans le ciel de ouate un essaim de moucherons s'échappe en écorchures de deuil.

*

Il n'y a quasiment plus d'ombre où se mettre à l'abri. La chaleur est infernale. Elle avale tout et dissout même les idées. C'est dans cet instant flou où s'immisce le doute que les tiques prennent le contrôle. Sur les branches ou au sol, elles attaquent, donnant l'impression de se laisser tomber à pic des arbustes chétifs sous lesquels je me suis arrêtée bien imprudemment. Tapis en embuscade, ces acariens de forme ovales attendent leurs proies. Elles les flairent de loin à leur odeur soi-disant de beurre rance. Elles ont faim de sang. Déjà elles accourent et s'enfouissent sous les vêtements et dans les chevelures, prêtent à enfoncer leurs rostres… Ce sont elles qui posent les premières limites. Dans cette rencontre des altérités, les tiques nous renvoient à notre place et à ce que nous sommes.

*

À la faveur du hasard, le lendemain, je croise un homme aux yeux sombres et à la peau cuivrée. Il cherche lui aussi dans la rusticité de ce pays un retrait qui lui assure un repos de l'esprit. Toute la journée, nous poursuivons ensemble. Il me dit qu'il marche depuis des mois pour qu'on ne lui vole pas ses désirs. Il refuse de se soumettre à l'accélération du monde. Il me surprend en me demandant : « De quelle couleur est ton âme ? » C'est à la fois sérieux et amusant. De jeunes bourgeons de sapin nous indiquent le chemin alors que des enfilades d'arbres morts tombent en bâtonnets de sécheresse. Poussés par le vent solaire, nous continuons d'avancer jusqu'au soir. Nous nous arrêtons, à deux pas, d'un site mégalithique circulaire, un cromlech, sorte de mandala que les bergers du néolithique ont érigé. Partout des dolmens et des pierres levées parsèment les crêtes et les pentes des causses. Repères topographiques ou manifestation d'un culte solaire : les hypothèses abondent. Nous décidons de passer la nuit au milieu de ces blocs qui irradient de chaleur. Jusque tard dans l'obscurité, nous écoutons le chaos du fond du ciel et le crépitement des météores. À mon réveil, mon compagnon de marche a disparu. J'ai bien compris qu'il s'agit d'un lève-tôt qui préfère s'éclipser dans l'heure bleue du jour.

*

La marche ouvre à la réflexion et à ce que nous sommes profondément. Sur le chemin on apprend le détachement. Est-ce que l'on marche pour accepter ou pour renoncer ? Je repars sur ce grand désert empierré que je vois ce matin comme un immense cimetière de stèles. Nos jours sont comptés et c'est bien pour cela que l'on marche et que l'on médite, que l'on écrit aussi. C'est la danse de l'âme autant que la danse des pas.

*

Le temps n'est une chasse gardée pour personne.

*

C'est sidérant de constater à quelle allure change le paysage. En une journée ce sont de nouvelles nuances, de nouveaux reliefs, une nouvelle végétation. Là, des geysers de silice s'échappent de carrières et retombent en poussière fine sur le maquis. Tout devient plus violent dans la mise à nu de la croûte terrestre. Ici on se nourrit de cailloux que l'on casse. Au XVIIe siècle, on extrayait ces blocs de calcaire qui étaient ensuite gravés pour reproduire des dessins. C'est l'invention de la lithographie. Il fallait les choisir en profondeur pour éviter qu'ils ne se brisent. Ils servaient aussi à la confection de pavés ou de lauzes pour les toitures. Après un passage dans les ateliers, ces pierres retravaillées étaient expédiées à Paris, en Belgique ou en Angleterre où elles participaient aux expositions universelles. J'aime ces histoires tracées à la cendre et au brou de noix.

*

Dans ce voyage méridional, le sol se décolore et prend des teintes de plus en plus rose-orangées, celles du sable du Sahara qu'ont vues Antoine de Saint-Exupéry et les voyageurs perdus en plein ciel. Les pierres prennent des formes préhistoriques de poissons ou d'oiseaux. Elles me font penser aux ossements blanchis de grands bovidés qui auraient plu à Georgia O'Keeffe qui a tant aimé peindre et vivre dans les vallées désertiques du Nouveau-Mexique. D'un coup, je touche à un territoire presque imaginaire. J'entre dans une volière de blancheur, c'est le pays où naissent les papillons. Certains s'éparpillent de couleurs, d'autres aux ailes plus larges abordent la descente en petits parapentes. Dans leur chute, ils assurent le transfert et le transport des cœurs.

Dans aucune autre activité que celle de la marche
on ne se relie ainsi au temps de la Terre
d'un pas vers l'autre on se réconforte et on se rassemble
on se recompose aussi
Chaque pas est une inspiration
toutes nos pensées font corps et on fait corps avec elles
Nulle part ailleurs, autre que sur le chemin
on n'est à ce point en harmonie avec soi
et seulement dans ces moments d'ascèse
on entre en méditation
et on communique avec des forces plus fortes que nous
des forces qui ne meurent pas

# XIV

Depuis la route des Causses, la vision du village de Navacelles est un point d'orgue d'éternité. C'est à la fois le souffle des grands espaces américains et la délicatesse d'un coquillage posé sur une alcôve de verdure. Le cirque a été creusé par la balancelle du temps et le passage de la Vis dont un méandre s'enroule en ruban de fraîcheur. Là, j'ai senti battre au fond de moi cette même force qui palpite au cœur du monde. Une vague d'exaltation m'a portée jusque tard dans la nuit passée à l'abri de ce canyon teinté du rêve de *Zabriskie Point* d'après le film de Michelangelo Antonioni. Je me suis sentie en lien direct avec la vallée de la Mort en Californie, le point le plus bas des États-Unis. Cela tient à l'atmosphère minérale, à l'aridité, au contact immédiat avec l'écorce terrestre. Sans que je le réalise sur l'instant, il y avait aussi une relation avec les grandes contestations : les marches collectives en cours et à venir. Rien de leurs mouvements n'échappe aux colonies de craves à becs rouges, ces oiseaux de la famille des corvidés, qui nichent dans les falaises et tournoient en petits samouraïs au-dessus des terrasses plantées de vignes et d'oliviers centenaires. Ils détalent en laissant échapper de longs cris électriques.

*

Saoulé de quiétude, un groupe de marcheurs arrive et repart de Navacelles en se disant amis pour la vie. L'extrême élégance du site tient à sa géographie et à sa préservation. Tout prend une épaisseur extraordinaire dans l'austérité et le silence du soir. Le lendemain, je retrouve la litanie de la marche à l'ombre d'une forêt de chênes verts et en direction du plateau du Larzac. Les cigales repartent de plus belle dans leur pratique assidue du morse tandis qu'un trio de papillons noirs fait une ronde : ils sont un peu de cette petite mort qu'on laisse dernière nous.

*

Plus que jamais à présent je sais que prendre la route c'est échapper aux lignes droites et à la circularité des idées. Les chemins de traverse s'offrent en ricochets de rêves. Sans l'avoir prémédité, je vais à la rencontre d'une pensée en résistance de tout un peuple montagnard qui a connu la vie clandestine
pour une foi et une conscience
je découvre le haut pays
de ceux qui savent la souffrance et la lutte contre l'oppression
Que reste-t-il de ce peuple de bergers ?
Des chemins étroits
Des coulées sous les futaies
Des murets de pierre
Tous ces signes de lutte et de survie
qui enseignent à ne pas renoncer

*

Chaque pas offre une plongée dans nos pensées intimes et une communion avec un territoire où des femmes et des hommes se sont accomplis. De l'aurée à la tombée du jour, je sais combien la marche sur ces franges acérées apprend l'humilité. Les empierrements arrondis sont comme un don du ciel. Ils parent la Terre de leurs colliers et fixent un canevas végétal qui, dès le printemps, éloigne toute idée de pauvreté. Ici et maintenant, on voit et on sent la splendeur d'une vie immémoriale.

*

Les masques tombent
Pas de visages pâles
Et toute la grandeur d'un peuple qui a tenu bon

*

Dans les têtes et les villages, les guerres de religion ont laissé de profondes traces. Dès le XVIe siècle, la Réforme s'est répandue. Avec la révocation de l'édit de Nantes, en 1685, le culte protestant est interdit. S'ensuivent des conversions imposées, les dragonnades, menées par les troupes de Louis XIV et les nombreux missionnaires qui iront de maisons en hameaux. En 1702, les protestants qui ne voulaient pas se convertir au catholicisme se soulèvent, déclenchant la révolte des camisards qui opposent les paysans des Cévennes aux troupes royales. La persécution allait des galères aux incarcérations en passant par des amendes et des assassinats de pasteurs. Des familles entières de huguenots craignant la répression sont parties s'exiler en Suisse. Tout cela est palpable et se raconte encore. C'est précisément cette histoire que Robert Louis Stevenson recherchait. Il est passionnant de se pencher sur la vie et l'œuvre de l'écrivain et de découvrir les réelles motivations qui l'ont poussé à venir marcher dans les Cévennes. Stevenson n'est pas anglais, mais bien écossais : c'est fondamental pour comprendre les raisons de son séjour dans cette région. Même s'il prend des distances avec ses origines, il y puise son inspiration. L'histoire des camisards cévenols lui est familière puisqu'elle est la réplique de celles vécues par les protestants écossais dont les histoires ont peuplé son enfance. Robert Louis Stevenson y trouve une communauté d'esprit. « Je suis écrivain covenantaire », dira-t-il, c'est-à-dire un Écossais, partisan du *National Convenant* de 1638, par lequel l'Église presbytérienne d'Écosse refuse de se soumettre à l'autorité de l'Église anglicane. Les covenantaires ont eux aussi été réprimés dans le sang avant de se révolter. En 1679, ils vont assassiner l'archevêque Sharp. S'en est suivie une terreur menée par le duc de Monmouth. Deux cent cinquante prisonniers de Bothwell Bridge furent condamnés à l'esclavage et envoyés dans les Caraïbes, mais le navire qui les transportait fit naufrage au large des îles Orcades. C'est ainsi que débuta *The Killing Time* une période de terribles persécutions que Robert Louis connaît bien car sa nurse Cummy n'a pas cessé de lui en faire le récit. On imagine comment le petit garçon était à la fois fasciné et horrifié par ces histoires de massacres. Il se souvient qu'il en faisait des cauchemars. On comprend combien cela a enflammé et a nourri son imaginaire. Par la suite, Robert Louis Stevenson a reconnu que tout cela avait eu une grande importance jusque dans son écriture et sur son style. S'il n'avait pas été bercé par les récits des convenantaires serait-il devenu ce génial raconteur d'histoires ? Pendant de longues années, il a tenté d'écrire un roman sur cette période et en particulier sur l'assassinat de l'archevêque Sharp. Ce voyage dans les Cévennes n'a donc rien d'anecdotique, bien au contraire. Tout est déjà en germe depuis longtemps et jamais, même lorsqu'il partira en exil en Californie puis dans les plus lointaines îles du Pacifique, il n'oubliera pas les cris des martyrs.

*

La découverte de cet épisode sombre vole au vent comme la chemise des guérilleros. Cette pensée de braise, entretenue par le vent chaud, enseigne à ne pas se soumettre et à continuer d'espérer, comme ces femmes qui cachaient leur minuscule Bible protestante dans leur chignon. Plus récemment, ce sont ces hommes et ces femmes qui ont pris le maquis dès 1940. Je sais maintenant que se pencher sur la vie de Stevenson, c'est aussi s'approcher du mystère de raconter des histoires.

*

Sur le rebord granitique d'une vallée aiguë
pousse le sorbier des oiseleurs
et le chemin descend très rapide
Le staccato de la marche est comme le pic épeiche qui martèle
et creuse des cavités
le pic en marteau-piqueur
tambourine et perfore d'une énergie magnétique
martèle et appelle la fissure de fatigue

et dans ce glissement de terrain
l'oiseau s'envole
et je retombe sur le talon
une douleur vive
au pied droit
de quelle rupture s'agit-il ?
avec les commodités du passé ou avec les certitudes du monde d'avant

*

Cette fracture contient la gravité des évènements à venir
Tous la désirent
Tous en appellent au changement
c'est maintenant ou jamais disent-ils
Se demandant sur quels pavés ils peuvent encore poser les pieds ?

# XV

Dans l'obscurité piquée d'étoiles, je dois m'arrêter et me reposer. À l'abri d'une cabane de berger, je passe la soirée et détends mes muscles endoloris. Je me sens épuisée par cette longue journée de marche et de chaleur. Je bois et avale des fruits secs. Un orage torrentiel se déchaîne. Je finis par m'endormir et fais un rêve sombre, comme ceux qui peuplaient l'esprit tourmenté de Robert Louis Stevenson. Dans sa vie d'adulte, les terreurs nocturnes ne le quitteront pas. En 1886, il est réveillé par sa femme Fanny alors qu'il hurle dans son sommeil. Robert Louis lui reprochera ce brusque réveil car il faisait selon lui « le plus intéressant des cauchemars ». Il assistait à la métamorphose diabolique d'un homme... La rédaction du roman est alors rapide. En une semaine, il écrit *L'Étrange Cas du docteur Jekyll et de M. Hyde* ! Juste une semaine.

*

En une nuit, je fais un rêve où la Terre tout entière est prise de convulsions orgasmiques et accouche d'une horde fantastique, mi-homme, mi-animal.
Tout finit par éclater au grand jour : la folie, comme la vérité la plus violente.

De la grande cuvette où se dessinent les contours d'un port de commerce monte une forte odeur, âcre, une odeur de fer
Ils sont
sur le rebord d'une corniche
tout dans leur allure rappelle
qu'ils viennent de loin
En un éclair de conscience
ils ont eu raison avant tout le monde,
mais personne n'a pas voulu les écouter
Ils arrivent légers et libérés
des salles d'attente et des jardins publics
des abribus et des halls de gares
des sous-sols et des couloirs de métros
les voilà qui arrivent
les voilà qui sont de retour
tous ceux qu'on a voulu écarter et oublier
ceux qui ont pris la route depuis longtemps
L'extraordinaire et l'inattendu est qu'ils
se joignent à la grande vague
Depuis des années
une pluie de cendres étouffe le paysage
le vent cingle dans les hautes futaies
les grands incendies ont laissé en algorithmes
des phrases qu'ils pêchent à hauteur d'écume
Ils savent mieux que quiconque le froid et la loi du dehors les journées et les nuits dans le vent et la pluie
les bagarres nocturnes et les territoires à défendre
Les rondes de police et les cafés chauds laissés par des inconnus
Certains sont accompagnés de chiens et d'autres poussent des caddies

masse informe d'amas de vêtements et d'oignons de tissus
têtes de laine et pieds de chiffon
ils sentent l'urine et le brasero
sales et crasseux diront certains
Ils sont les *hobos*, les nouveaux chemineaux qui avancent en couple ou avec leurs jumeaux
et empruntent les nouvelles routes de migrations

*

Cette nuit, la pluie redouble d'intensité sur le toit de la cabane de berger. L'humidité entre et j'entends un bruit, peut-être une chouette hulotte. Au seuil du réveil, je reconnais Marvejols et Luce. Ce sont bien eux. Il y a quelque chose de toujours aussi joyeux et de décalé dans leur allure. Nos yeux se touchent du regard. J'aimerais les rejoindre et leur dire ce que j'ai compris : cette tribu errante vue en songe est la métaphore de notre propre perte, mais je replonge dans mon rêve de voyance.

*

De la vallée, surgit un autre groupe plus compact. Tout dans son apparence indique qu'il vient d'une autre temporalité et avec d'autres intentions. Silhouettes grises et cheveux longs, leurs corps ont disparu sous des pelures de tissus et de vestes, de ponchos et de couvertures. Le pas plus vif, ils arrivent pour demander des comptes. De quel autre temps viennent-ils ? De quelles métamorphoses sont-ils issus ? Ils portent en eux une menace héritée d'une époque ancienne, dans la violence contenue de guerres qu'ils n'ont pas eux-mêmes connues, mais qu'ils se sont racontées au fil des générations.

*

Tout semble avoir sa place sur les tréteaux d'un nouveau théâtre
Toit ouvert et silence abyssal
Quand soudain, il y a eu un frémissement
aussi imperceptible qu'un précipité d'atomes dans un ciel sans soleil
Il s'agit bien d'une convulsion
ultime clignement de paupière d'un animal disparu
dans le lointain des âges et à la lisière de nos mémoires anciennes
Le balancier d'une horloge accompagne
à contre-jour et sur la cornée terrestre
une masse mal définie
jouant du dédoublement des silhouettes
et de la confusion des apparences
Je vois un essaim crevant de sa démarche une lumière sépulcrale
Il avance semblable à un attelage de mammouths
corps flottants
J'entends le râle de leurs pas traînants
Les voilà qui réapparaissent dans l'éternité du premier matin du monde
Depuis bien longtemps, ils ne sont plus des hésitations en chemin et
leurs yeux ont déjà vu tant de noirceur coulée en veines d'épaves
Je distingue et n'en reviens pas de distinguer
à l'orée de la terre
une migration venue

à pied et sans visage
Une ombre difforme
venue du fond des âges
qui se présente dans les plis de la lueur montante
hors du front de nos pensées
D'où sortent-ils ? Mon Dieu, d'où viennent-ils
Ceux-là que l'on attendait plus ?
Ils sont là, ils sont pourtant bien là !
Poussés par un vent d'éther, ils semblent venus de l'autre côté du monde. Ils sont maintenant tous là réunis, tous ceux qu'on ne voulait plus voir, les reclassés, les sans papiers, les sans-logis, les sans-rien
une masse à couper le souffle
Ils appartiennent aux premiers grands mouvements
Un jour, ils sont passés par l'isthme
par un appendice terrestre
par un accès connu d'eux seuls
entre deux mondes
dans le déhanchement de leurs corps incertains
solidaires, les uns contre les autres
depuis ils marchent
Des silhouettes aux visages de nuages
roulant comme des boules errantes
ils avancent
se libèrent du poids millénaire de la glace
Leur masse sombre grossit à vue d'œil
se dilate, disparaît et grossit à nouveau
En carcasses de dinosaure
ils apparaissent
dans une atmosphère crue

*

Ils sont les premiers survivants de la grande catastrophe
et ils ont vu l'innommable
c'est pour cela qu'ils sont nés pour arpenter infiniment la Terre
Ils sont nés et condamnés à marcher et à flotter
comme d'énormes galets ballottés par le ressac et les courants
De leurs pas traînants
ils arrivent par l'avenue qui monte de la mer
Collés, ils ne cessent d'errer car plus rien d'autre n'est possible
De leurs bouches des mots s'entrechoquent :
une langue caverneuse des premiers hommes
et pourtant ils n'en sont plus depuis longtemps
depuis si longtemps
Sans amarres ni repères
Ils sont les premiers nés d'une barbarie nouvelle
Les premiers d'après l'anéantissement et la perte
difformes et hideux
Les premiers êtres vivants sur la Terre morte
Ceux-là ont tout des monstres de l'arrière-monde
Des qui vont sur deux jambes et quatre bras
Des avec une tête d'insecte et un corps de chien
Des têtes de poissons et des corps d'équidés
Des chats volants, des rats reptiliens
Certains grognent à foutre la trouille
Dans cet univers sans soleil
ceux-là n'ont connu
ni le bleu du ciel

ni le chant du vent
ni celui des abeilles
Ils sont des sans oiseau et des sans soleil
des sans cils et des sans sourires
Ils arpentent un monde d'après la disparition
coquille vide d'images et de mémoire
Dans le gris et le noir des souvenirs
Ils marchent depuis un temps immémorial

C'est à ce moment-là que j'ai entendu crier
Pères, voyez ce que vous avez fait
Peine perdue et sans larmes
Pères, voyez ce que vous avez fait

Ils ont une sensibilité d'ultrasons
et je vois
des hommes-abeilles portant sur leur dos une masse de nuages qu'une pluie acide éclaire
À la place de leur abdomen palpite une caisse de résonance des hautes solitudes
Allure floue et attelage fou
Ils ne sont pas sourds aux voix et aux vibrations
Oh que non,
Dans un état de veille
ils captent les infimes variations de l'univers
Les vibrations du Big Bang originel celle de l'ancien monde
Dans ce rêve, je les vois qui tressautent quand leur parvient l'écho lointain d'une pensée d'avant le tremblement
des voix venues du fond des âges.
Tant de paroles contenues dans des bois brûlés et les cendres atomiques.

Quel étrange fardeau bercent-ils ?
Un trésor en forme de naufrage
Ils ont parcouru le monde d'après les grands incendies de forêts et les sécheresses des fleuves
Par instinct
Ils marchent car plus rien d'autre n'est possible
Ils marchent pour se consoler et
pour ne pas sombrer
Tous en cadence et au rythme d'un boléro
ils avancent
la conscience en tension
Se dessinent les visages d'enfants
Mille visages aux mille origines
Ils ont pris eux aussi la route qui monte de la mer
En suivant la courbe naissante du soleil
Et arrivent tous ensemble main dans la main

*

C'est le froid qui m'a réveillée. Quand j'ai ouvert les yeux, Marvejols était debout dans la lumière du jour. « Oh joie de te retrouver ! Et Luce, où est-elle ? », ai-je demandé. « Dehors, elle nous attend ! Tu viens ? » J'étais sonnée après ce rêve si ténébreux. « Je suis heureuse de te revoir Marvejols », ai-je insisté.

Alors, tu ne m'as pas raconté la suite ! me dit-il Marvejols. Finalement que décide Robert Louis Stevenson après sa traversée des Cévennes ?

C'est vrai ! Eh bien, il va choisir sa voie avec courage. En 1879, contre l'avis de ses parents, il part. C'est en cela que ce voyage à travers les Cévennes est un voyage initiatique. Au bout de ces deux cent quarante kilomètres, il décide de s'affranchir de sa famille et de la société à laquelle il appartient. Il quitte sa prison victorienne et s'éloigne de l'Europe. Depuis le port de Glasgow, il traverse l'Atlantique dans l'entrepont d'un paquebot dans des conditions terribles, celles des émigrants. Certains diraient qu'il découvre à ce moment-là, de l'intérieur, la vraie vie. Il atteint New York, puis traverse en train les États-Unis, toujours dans des conditions périlleuses. Il retrouve Fanny son amoureuse à Monterey, en Californie, celle des chercheurs d'or. Il arrive très affaibli. Il est atteint d'une pleurésie qui se transforme en pneumonie et il manque de mourir. Fanny le soigne pendant six semaines. Ils se marient en mai 1880 à San Francisco et repartent en voyage en Suisse, en France sur les bords de la Méditerranée, aux États-Unis et en Écosse. Puis, arrive le grand départ vers les mers du Sud. Ils embarquent à bord du *Casco* pour les îles Marquises, Tahiti, Hawaï, les Samoa où Robert Louis Stevenson meurt à quarante-quatre ans. À la fin de sa courte vie, il trouvera une sorte de paix et dira que, si son père avait participé à éclairer la côte nord du littoral écossais, lui, par la littérature, avait essayé d'éclairer les ténèbres.

*

Dans un ciel couleur de plasma, le soleil est déjà haut. L'ânesse attend en tournant ses oreilles. Face au monde qui gronde et se désagrège, nous allons continuer de marcher avec ardeur. Nos ombres joyeuses poinçonnent la chair de la Terre, grand parchemin de nos vies. Au printemps dernier, j'ai quitté la ville sans rien avoir échafaudé, je me dis à présent que tout va pouvoir commencer. Maintenant.

Remerciements chaleureux à mon éditeur Yves Jolivet et à toute l'équipe du Mot et le reste en particulier à Aliénor Rives pour sa précieuse relecture.

À Alexis Gloaguen poète et naturaliste qui vient de publier le troisième tome de ses *Écrits de nature*, aux éditions Maurice Nadeau.

À Valère-Marie Marchand qui a le goût des mots et a fait paraître *Le Club des aquarêveurs*, aux éditions Héliopoles.

À Christine, ma sœur aînée, qui fut la première à me parler et à me faire rêver des Cévennes.

Pensées vives et chaleureuses à celles et ceux qui ont bien connu Pompon du Biot-des-Salines : mes grands-parents, Anne-Marie, Louis et Anna, mes parents Éliane et Pierre, mes sœurs Christine et Cécile, mes cousin.e.s Françoise, Denis et Annick ainsi que nos ami.e.s d'enfance Hélène, Anne, Patrick, Côme et Judith.

Achevé d'imprimer en octobre 2021
par Yenooa
13640 La Roque d'Anthéron
contact@yenooa.com

ISBN : 978-2-36139-902-3
Dépôt légal : janvier 2022
Fabriqué en France